Androcentric America:
Connie and Clover and Their Two Henrys

アンドロセントリック・アメリカ

コニーとクローヴァーと二人のヘンリー

大井浩二

小鳥遊書房

目次

Contents

＊文献からの引用にあたっては、煩瑣を避けるために原則として一次資料は
書名のみを示し、二次資料は著者名と頁数のみを括弧内に記した。

プロローグ

二人の女性芸術家の不自然な死

一八九四年一月二四日の夜遅く、家族や友人からコニーと呼ばれていたアメリカ女性が、ヴェネツィアのアパートの三階の窓から投身自殺を遂げる（二階の窓という説もあるが、最新の伝記の記述に従っておく）。路上に横たわっている彼女を通りがかりの三人の男たちが見つけて、一番近くのドアの呼び鈴を鳴らし、異変を聞きつけて階段を駆け降りた召使の一人が虫の息の彼女を部屋まで担ぎ上げ、近所の医者も駆けつけるが、すでになす術はなく、彼女はほぼ一時間後に息絶えた。享年五三だった。

その九年前の一八八五年一二月六日の午前、友人知己にクローヴァーの愛称で親しまれていた、もう一人のアメリカ女性が、首都ワシントンのHストリート一六〇七番地の寓居で（完成した新居に近く引っ越す予定になっていた）、写真の現像に使うための青酸カリをあおって服毒自殺を遂げている。所用で外出していた彼女の夫が、二階の暖炉の前の敷物の上に倒れている彼女を見つけ、大急ぎでそばのソファに運んでから医者を呼んでくるが、もうすでに手遅れだった。享年四二だった。

この自ら命を絶った二人のアメリカ女性の間には直接の面識はなかったらしい。コニーとクローヴァーは、イギリスのレミントンに住む、不治の病のために寝たきりのアリスという年下の女性の共通の知人で、クローヴァーの姉と親しかった彼女は、新婚旅行でヨーロッパを訪れたクローヴァーに会ったことがあり、彼女の兄は自死をしたクローヴァーが「生きづらい人生に対する解決策を見つけた」と友人に宛てた手紙で語っていた。アリスが書き残した日記には、ヨーロッパ暮らしを続ける彼女の兄がコニーと親しい関係にあることなどへの言及がなされているが、自殺した二人のアメリカ女性の間に接点があったことを示す記録は残っていない。

だが、いくつかの共通点を両者の間に見つけることは決して困難ではない。

まず、二人のアメリカ女性の死が新聞各紙に一斉に取り上げられている事実だ。イタリアではコニーの自殺の翌日に『イル・ガゼッティーノ』(ヴェネツィア)や『ラ・ガゼッタ・ディ・ヴェネツィア』がそれぞれ「アメリカ女性の自殺」と「自殺」という見出しで記事を載せ、合衆国では『カンザスシティ・スター』、『ニューヨーク・タイムズ』、『フィラデルフィア・インクワイアラー』が彼女の死を報じている。他方、クローヴァーの場合には、彼女の死の翌日に『ワシントン・クリティック』、『ニューヨーク・タイムズ』、『ボストン・トランスクリプト』、『ボストン・ポスト』などが彼女の突然の死を伝えている。このように二人のアメリカ女性の死をメディアを大きく報じたのは、彼女たちが一般に広く知られた著名人だったからにほかならない。

コンスタンス・フェニモア・ウルスン(1887年頃)

コニーとクローヴァーは生前、ともに注目すべき女性芸術家として知られていた。ヴェネツィアで自殺した女性の正式の名前はコンスタンス・フェニモア・ウルスン(Constance Fenimore Woolson, 1840-1894)といったが、文豪ジェイムズ・フェニモア・クーパー(James Fenimore Cooper, 1789-1851)を大叔父に持つ彼女は、ニューハンプシャー州に生まれ、オハイオ州クリーヴランドで幸福な少女時代を過ごす。だが、父親の死によって、一家の稼ぎ手となった彼女は、文筆家として生計を立てることになる。小説家としてのウルスンは、現在ではほとんど完全に忘れ去られているとはいえ、一八八〇年から翌年にかけて『ハーパーズ・マガジン』に連載され、八二年に単行本として出版されてベストセラーとなった長編小説『アン』(*Anne*, 1882) のほかに、『イースト・エンジェルズ』(*East Angels*, 1886) など五冊の中長編小説や四冊の短編小説集を発表して人気を博していた。「ウルスンは一九世紀後半の最も熟達したアメリカ女性作家の一人として広く一般に認められていた」(Rioux xiv) と彼女の伝記作家アン・ボイド・リューは評している。

他方、ワシントンで不自然な死を遂げたクローヴァーは、彼女の死の直後に書かれた新聞記事で「非常に熟練したアマチュアの写真家」と評されているように、当時としては極めて珍しい女性写真家の草分け的な存在だった。彼女が最初にカメラを構えて写真を撮ったのは一八八三年五月六日のことだったが、それから一八八五年一二月六日に自殺するまでの二年半という非常に短い期間に、努力に努力を重ねた結果、パイオニア的な女性芸術家として高い評価を受けるようになる。クローヴァーの伝記作家ユージーニア・カレディンは「クローヴァーは最も狭い意味での〝プロフェッショナル〟ではなかったとしても(彼女は金銭が必要ではなかった)、新聞は彼女の才能を賞賛し、知人たちは肖像写真を撮ってくれるように頼んできた」(Kaledin 187) と述べ、もう一人の伝記作家ナタリー・ダイクストラは、彼女が服用した青酸カリが暗室で写真を現像するために用いる劇薬だった点に触れて、「彼女の芸術の手段が彼女の死の手段となった」(Dykstra xvi) と嘆いている。

つぎに指摘したい共通点は、この二人の女性芸術家のそれぞれがヘンリーという名前の男性と深く関わっていたという事実だ。実はたったいま紹介したクローヴァーの名前が、マリアン・フーパー・アダムズ（Marian Hooper Adams, 1843-1885）のニックネームだったことを聞かされた読者は、すでに登場していた彼女の夫が二人のアメリカ合衆国大統領が輩出したアダムズ家の子孫で、九巻本の代表作『トマス・ジェファソンおよびジェイムズ・マディソン政権下のアメリカ合衆国史』（*History of the United States of America during the Administrations of Thomas Jefferson and James Madison*, 1889-91）や死後の一九一九年にピュリッツァー賞を受けた自伝『ヘンリー・アダムズの教育』（*The Education of Henry Adams*, 1918）などの著作で知られ、しばしば「知の巨人」と呼ばれる歴史家ヘンリー・アダムズ（Henry Adams, 1838-1918）であり、彼女自身もワシントンの社交界の華と謳われた女性であったことを即座に思い出すだろう。だが、そのアダムズ夫人が気鋭の女性写真家として将来を嘱望されていたというのは、ほとんどの読者が知らない、全く意外な事実だったに違いない。

医師の父ロバート・ウイリアム・フーパーと詩人の母エレンの第三子としてボストンの高級住宅地ビーコン・ヒルに生まれたマリアン・フーパーは、五歳のときに母親を病気で失って、父親に男手一つで育てられ、やがて一八七二年六月二七日に母校ハーヴァードで教鞭を執っていたヘンリー・アダムズと結婚する。首都ワシントンに移り住んでからも、何不自由ない人生を享受していると思われたにもかかわらず、彼女は突然、わずか一三年間の結婚生活に自らの手で終止符を打ったのだった。クローヴァーの死後、彼女の学校時代からの友人の一人が「欲しいものすべて、この世が与えてくれるすべてを手に入れているクローヴァーのことを私たちはどんなにしばしば語ったことか」(Dykstra xvi) と呟いていたことが改めて思い出されるのだが、彼女の伝記が『クローヴァー・アダムズ　煌《きら》びやかで悲痛な生涯』(Natalie Dykstra, *Clover Adams: A Gilded and Heartbreaking Life*, 2012) と題されているとしても不思議はないだろう。

　では、もう一人の女性芸術家ウルスンの場合はどうだろうか。一八七九年一一月にヨーロッパに渡ったウルスンが翌年の春、紹介状片手に会いに出掛けたのは、三歳年下の流行作家で国籍放棄者のヘンリー・ジェイムズ (Henry James, 1843-1916) だった。この新進気鋭のアメリカ作家の熱心な愛読者だったウルスンは、彼の中編小説『ヨーロッパの人たち』(*The Europeans*, 1878) の書評を、その年の一月と二月に二回も『アトランティック・マンスリー』に寄稿するほどの力の入れようだった。こうしたジェイムズに対する彼女の心酔ぶりは、彼に宛てた一八八三年五月七日付の手紙に、彼の作品が「私の真実の祖国、本当の故郷」(“they [your writings] are my true country, my real home”) であると告白し、それは「私にとって新しくて、美しくて、思いがけない土地みたいだった」(“your writings have been to me like a new, and beautiful, and unexpected land”) と語っていることからもうかがい知ることができる。

　ウルスンにフィレンツェで出会ったジェイムズは、彼女のために美術館巡りのガイド役を務めるなど打ち解けた様子を見せてくれたので、彼女は「この三週間というもの、彼は私にとって完璧なまでに魅力的だった」(Benedict 145) という印象を書き残している。このときの経験を踏まえて書いた短編が一八八〇年一〇月に『アトランティック・マンスリー』に発表された「フィレンツェでの実験」(“A Florentine Experiment”) で、そこには憧れのヘンリーとの交流に基づく物語が軽妙な筆致で綴られている。ウルスンについてジェイムス自身が抱いた第一印象は「感じはいいが耳が不自由」（"amiable but deaf"）だったが、この印象を記した一八八〇年四月二五日付の手紙の宛先は、すでに登場してもらっている妹のアリス・ジェイムズだった。

アリスは一八九二年三月六日に他界するが、彼女の日記の三月四日の記事は「私はミス・ウルスンのお話『ドロシー』を最後まで読んで聞かせた」（Alice James, *Diary* 233, 引用は舟阪洋子・中川優子訳による。人名表記を改変）というアリスのパートナーだったキャサリン・ローリングの記述で終わっていることを付け加えておこう。ウルスンの短編「ドロシー」（"Dorothy"）は『ハーパーズ・ニュー・マンスリー・マガジン』三月号に発表された作品だったが、この三月四日の日記の記事は、ヘンリー兄妹とウルスンが親密な関係にあったことを暗示しているのではないだろうか。

ウルスンが身を投げた
アパートの外観

三つ目の共通点は二人のヘンリーがコニーとクローヴァーの没後に示した態度に関わっている。ウルスンの死後、アパートに残されていた遺品の整理に当たったジェイムズは、完成した作品の原稿は別として、二人の関係を示すような品々を一切処分している。ウルスンの生前、二人の間で交わされた手紙は焼却するという約束をしていたせいで、ジェイムズに宛てた彼女の手紙は四通しか残っていない。

「ジェイムズとウルスンは将来の伝記作家たちの邪魔立てすることを願っていた、と多くの人は考えている」(Rioux 216) と伝記作家アン・ボイド・リューは指摘している。

一八九四年四月のある日、ヴェネツィアの潟の最も深いあたりに漕ぎ出したジェイムズは、抱えていたウルスンのドレスの束をゴンドラの船頭の棹を使って水中に沈めようとするが、黒い風船のように膨らんだドレスがつぎつぎに浮上してきて、一向に沈没する気配がなかったという話が伝わっている。この真偽のほどさえ定かでない情報を最初に流したのは、ジェイムズの伝記作家リンドール・ゴードンだった (Gordon 1) が、エマ・テナント『重罪』(Emma Tenant, *Felony*, 2003: 188)、コルム・トビーン『巨匠』(Colm Toibin, *The Master*, 2004: 252-55)、デイヴィッド・ロッジ『作者を出せ』(David Lodge, *Author, Author*, 2004: 209-10)、エリザベス・マグワイア『開かれた扉』(Elizabeth Maguire, *The Open Door*, 2008: 235)、レベッカ・ブライアン『フェニモアになって』(Rebecca Bryan, *Becoming Fenimore*, 2015: 1-3) など、ジェイムズあるいはウルスンを主人公にした最近の小説は、このエピソードに例外なくページを割き、シェルドン・ノヴィックの伝記 (Sheldon Novick, *Henry James: The Mature Master*, 2007: 207) やマイケル・ゴーラの評論 (Michael Gorra, *Portrait of a Novel*, 2012: 184-85) でも紹介されている。この話の信憑性を疑う伝記作家リューは「このありそうにもない話の根拠を発見してはいないが、それはキャノンになっているので、ここで触れておく」というノヴィックの発言 (Novick 554 note) をわざわざ引用しているほどだ (Rioux 332)。

ヘンリー・アダムズもまた妻の死後、クローヴァーが彼に書いた手紙や日記、彼女の父親が彼女に書いた手紙の類をすべて処分しただけでなく、亡き妻について人前で語ることは一切なかったといわれている。いや、何よりも重要なことは、自伝でありながら三人称で書かれた『ヘンリー・アダムズの教育』から、クローヴァーの名前や彼女との結婚生活に関する記述がすっぽり抜け落ちている事実だ。この本の第二〇章「失敗」は、アダムズの結婚の前年の一八七一年を扱っているが、第二一章は「二〇年後」と題されていて、いきなり一八九二年にタイムスリップしている。この点に関して、オックスフォード世界古典叢書版の編者アイラ・ネーデルは「第二〇章から第二一章への移行はアダムズの記述における二〇年のギャップを示していて、ボストンとワシントンにおける彼の文学的、社会的成功、妻と出掛けた二回の重要なヨーロッパ旅行、一八八五年一二月六日の妻の悲劇的な自殺、その後の日本および南太平洋への旅行を削除している」(Nadel 465 note)と註記している。

そのほかにも二人の女性芸術家の間にはいくつかの共通点があった。小説家ウルスンは若い頃からしばしば鬱病の徴候を示したが、彼女を苦しめていたのは双極性障害ではなかったかと考える伝記作家アン・ボイド・リューは「彼女の強烈な仕事習慣と頻繁な旅行は双極性障害の証拠かもしれない」(Rioux 343 note 8)と語っている。また、ウルスンの弟チャールズも鬱病を患っていて、一八八三年八月にロサンゼルスで服毒自殺をしている。他方、写真家クローヴァーもまた父ロバートの病死後、重症の鬱病に苦しみ、やがて自殺するに至っている。一八五三年六月、彼女の叔母スーザンが砒素を服用して自殺し、クローヴァーの死後の一八八七年一一月には姉エレンが鉄道自殺を遂げている。ヘンリー・アダムズがクローヴァーと婚約したことを聞いたヘンリーの兄チャールズは“Heavens! —no— they're all crazy as coons. She'll kill herself, just like her aunt!"（何てこった！——駄目だ——あの家の者はみんなイカれている。その娘は自殺するぞ、叔母と同じようにな）と叫んだと伝えられている（Friedrich 138）。

だが、本書の目的は、二人の女性芸術家を自殺に追いやった医学的かつ遺伝的な原因を明らかにすることではない。女性が家庭という女性の領域に閉じ込められていた時代に、男性に伍して創造的な仕事に携わっていた小説家ウルスンと写真家クローヴァーの不自然な死を手掛かりにして、この二人の新しい女性を絶望の淵に追いやった一九世紀末のアメリカ文化が抱えていた問題を、不幸な最期の直前まで二人と深く関わっていた二人のヘンリーの生活と意見と絡めながら考えることを、この本は目指している。

とはいえ、ヘンリー・ジェイムズがトビーンやノヴィックの著作の題名が示しているように「巨匠」と呼ばれる小説家であり、ヘンリー・アダムズが「アメリカ最大の思想家・歴史家」（岡本正明『横断する知性』の副題）であることは、改めて書き立てるまでもない。いくら向こう見ずな人間でも、アメリカを代表する二人の「知の巨人」に素手で立ち向かったりすれば、風車に突進するドン・キホーテの二の舞を演じることになるのは火を見るよりも明らかなので、一九三五年にクローヴァーやコニーの後を追うようにしてクロロホルム自殺を遂げたシャーロット・パーキンズ・ギルマン（Charlotte Perkins Gilman, 1860-1935）、短編「黄色い壁紙」（"The Yellow Wallpaper," 1892）やユートピア小説『ハーランド』（*Herland*, 1915）で知られるフェミニストの文筆家に、巨人退治のための強力な武器の提供を求めることにしたい。

ギルマンは一九〇九年から一六年にかけて月刊の個人雑誌『先駆者』（*The Forerunner*）を出版していたが、その第一巻に連載した「私たちのアンドロセントリックな文化あるいは男性が創った世界」（"Our

Androcentric Culture, or the Man-Made World")と題する文章(一九一一年に単行本化するに当たって*The Man-Made World; or, Our Androcentric Culture*と改題している)で、世界は男性によって支配され、男性の価値基準が世界の価値基準になっているという議論を展開して、つぎのように述べている――

私たちはこれまでずっと男性が創った世界に生き、苦しみ、死んできた。この状態は非常に一般的で、非常に継続しているので、そのことに言及しても、自然法について語る程度の意見しかかき立てることができない。文明の黎明以来、"mankind"(人類)とはmen-kind(男性)の意味であり、世界は男性のものであるということを私たちは当然と考えてきている。［中略］男性は、異議を唱える声は一つもなく、人類の基型(race type)として受け入れられた。女性は――世界の大きな枠組みのなかで全く調和しない、奇妙で、異なる種類の生き物である女性は、ただの女性《フィーメイル》として存在が許され、説明された。(Gilman 1911: 17-18)

『男性が創った世界』におけるギルマンは、このアンドロセントリズム(男性中心主義)という観点から文学、芸術、家族、スポーツ、宗教、政治、経済などの分野に男性が君臨していることを明らかにした結果、「一つの性が人間のすべての活動を独占し、その活動を『男性の仕事』と名づけて、その活動をそのようなものとして統括することが、『アンドロセントリックな文化』という用語の意味だ」(Gilman 1911: 25)と結論している。このアンドロセントリズムという概念はギルマンが最初に提唱したと一般に考えられているが、彼女自身は「この本が基づいている基本的な事実を研究したい読者は、人生のアンドロセントリックな理論が適正に定義されているレスター・フランク・ウォードの『純粋社会学』第一四章を参照して頂きたい」（Gilman 1911: 7）と『男性が創った世界』の序文で述べている。

レスター・フランク・ウォード（Lester Frank Ward, 1841-1913）はアメリカの社会学者だが、一九〇三年出版の『純粋社会学』（*Pure Sociology*, 1903）において「アンドロセントリックな理論」を「有機的組織において男性は第一位で、女性は第二位であるという見方、あらゆるものは男性を中心にしているという見方」（Ward 292）と説明している。なお、『オックスフォード大辞典』補遺（*OED: Supplement*）は“androcentric”を“having man, or the male, as its centre”と定義し、このウォードの説明を初出例として挙げている。ついでながら、ウィキペディアは“androcentrism”を“the practice, conscious or otherwise, of placing a masculine point of view at the center of one’s world view, culture, and history, thereby culturally marginalizing femininity”（*Wikipedia* “Androcentrism”）と定義していることを指摘しておこう。どのように定義するにせよ、アンドロセントリズムが家父長制社会においては極めて一般的な「見方」であり、家父長制の強化に貢献していることは否定すべくもないが、その意味で、家父長制とアンドロセントリズムの関係は家父長制とミソジニーのそれに酷似しているといえるだろう。

結局のところ、一九世紀末のアメリカ社会は、ギルマンが定義しているような「男性が創った世界」であり、そこに見出されるのは「アンドロセントリックな文化」以外の何物でもなかったと考えられるのだが、アメリカを代表する小説家ヘンリー・ジェイムズや歴史家ヘンリー・アダムズは、「男性は最も重要で、女性は二次的であるという見方、あらゆるものは男性を中心にしているという見方」に断固たる否！を叩きつけていたのだろうか。それとも「知の巨人」と呼ばれる二人のヘンリーたちでさえ、同時代のアメリカ社会に瀰漫《びまん》していた、女性に対するアンドロセントリックな偏見から逃れることができなかったのだろうか。この疑問に対する答えを、不自然な死を遂げたコニーとクローヴァーという二人の女性芸術家との関わりにおける二人の知識人の言動のなかに探ることを、本書の課題としたいのだ。

『男性が創った世界』と同じ一九一一年に発行された個人雑誌『先駆者』第二巻で、「女性の強さ」に関するハーヴァード大学教授ダドリー・アレン・サージェント（Dudley Allen Sargent, 1849-1924）の談話を伝える新聞記事を話題にしたギルマンは、「我慢強いという意味では、女性は男性に勝《まさ》っている」ことを認めた教授が「女性が基本的には一定不変な目的のために創られていることは明らかだ。それは子どもを産むという目的だ。女性一般に帰せられるほかの特性は、そのたった一つの始原的な特性から派生している」と語った点に触れて、教授の発言を「あのありふれた昔ながらのアンドロセントリックな考え」(Gilman "That Obvious Purpose" 162）と一蹴している。

このハーヴァード大学教授の場合のように、小説家ジェイムズや歴史家アダムズの口から、「あのありふれた昔ながらのアンドロセントリックな考え」が漏れることがあったかどうか。一九世紀末におけるアンドロセントリック・アメリカの実態を探るために、女性小説家コニーや女性写真家クローヴァーとの日常生活における二人の「知の巨人」の行動と意見をつぶさに観察することを本書は目指している。

第一章

女性芸術家たちの運命

1　フィレンツェでの出会い

一八八〇年の春、コンスタンス・フェニモア・ウルスンがヘンリー・ジェイムズにフィレンツェで初めて会ったとき、彼女は四〇歳、ジェイムズは三歳年下の三七歳だったが、彼女のことがすっかり気に入ったジェイムズは、フィレンツェの案内役を買って出て、画家で建築家のジオットを理解できない彼女に「いつか分かるようになるよ」と優しく声をかけたり、ミケランジェロの彫刻に感激することもない「私の恐るべき無知」に言葉を失ったりしながらも、辛抱強く付き合ってくれていることをウルスンは知人に宛てた手紙で報告している（Benedict 186, 188）。

プロローグでも触れたように、その手紙のなかで、ウルスンは「この三週間というもの、彼は私にとっては完璧なまでに魅力的だった」と記し、社交生活で超多忙にもかかわらず、「彼は午前中、時間を見つけては訪ねて来て、ときにはギャラリーや教会に、ときには緑の美しいカシーネ公園での散歩に私を連れ出してくださった」と書いている。また、「楽しい話し相手であり、それに加えて、私に対してとても親切だったヘンリー・ジェイムズと一緒にいることを、私は心から楽しみました。彼はイタリアにずっといるので、私がフロリダに詳しいのと同じように絵画に詳しいのです。彼はとても穏やかな方で、非常に（目立たない形だけれども）イギリス的です」ともウルスンは甥のサミュエル・メイザーに宛てた手紙（Benedict 185, 192）で語っている。

ウルスンが一八八〇年一〇月に『アトランティック・マンスリー』に寄稿した短編「フィレンツェで

の実験」は、このジェイムズとの交遊を基にして書いた作品で、フィレンツェで出会ったマーガレット・ストウとトラフォード・モーガンという二人の若いアメリカ人男女の恋の駆け引き（作者のいわゆる「実験」）が描かれている。そこでのマーガレットとトラフォードは、ウルスンの伝記作家アン・ボイド・リューの適切な表現を借りると、「ウルスンとジェイムズが訪れたアカデミア美術館、ピッティ宮殿、サン・マルコ修道院などの場所を一緒に訪れる。二人はウルスンとジェイムズの意見や好みも口にする」（Rioux 137）が、様々な紆余曲折の末に、トラフォードがマーガレットに愛を告白する形で、物語はハッピーエンドを迎える。この作品に描かれているのはウルスンがジェイムズと共有した「フィレンツェでの実験」でもあったのだ。

ジョン・シンガー・サージェントの描いたヴァーノン・リー（1886年頃）

短編「フィレンツェでの実験」について、『ある小説の肖像』の著者マイケル・ゴーラは「重要なのは、そのような作品をウルスンが書いたという事実だけでなく、ジェイムズがそれに反対しなかったという事実だ」と述べ、「それから一〇年後、イギリス作家ヴァーノン・リーが登場人物の一人をジェイムズをモデルにして描いた――そして、ジェイムズはリーと絶交した」（Gorra 130-31）と付け加えている。ゴーラはこれ以上何も説明していないが、ここで言及されている作品は、リーが一八九二年に発表した「レディ・タル」("Lady Tal") と題する中編で、ジェイムズを思わせる小説家が自作の出版という野心を抱く若い女性レディ・タルに力を貸すという設定になっている。

ヴァーノン・リーは幻想文学の書き手として活躍したイギリス作家ヴァイオレット・パジェット (Violet Paget, 1856-1935) のペンネームで、ジェイムズの愛読者だった彼女は最初の長編小説『ミス・ブラウン』(*Miss Brown*, 1884) を彼に捧げているが、それを彼が酷評したことから両者の関係は悪化する。「レディ・タル」に登場するアメリカ作家ジャーヴェイズ・マリオンは「心理小説家」で「ヘンリー・ジェイムズの世界の住人、一種のヘンリー・ジェイムズ」として設定され、小心で、自己陶酔的で、女性作家に敵意を持った人物に描かれているのは、彼自身のカリカチュアにほかならない、とジェイムズが激怒したことは広く知られている。「この物語にはジェイムズが (もし読んだとしたら) 残酷で不親切と思っただろうような発言が数多くあった」(Edel 333) とレオン・エデルも指摘している。

ジェイムズは兄ウィリアムに宛てた一八九三年一月二〇日付の手紙で、リーの作品を「極めて生意気で」「とりわけ厚かましく道義を欠いた」類いの風刺と評し、彼女の行為を「個人的な関係に対する裏切り」と呼んで、リーを「タイガーキャット」と形容している。エデルもまた、ゴーラと同じように、「これ以後、ヘンリーはヴァーノン・リーと『絶縁した』」(Edel 334) と述べているが、飼い犬ならぬタイガーキャットに手を嚙まれたような思いをジェイムズが味わったとしても不思議はない。だが、その「裏切り」を理由にしてリーと断交までしたという事実は、彼が女性作家に対して敵意を持っていたというリーの主張を裏書きする結果になっているに違いない。

では、ウルスンの短編「フィレンツェでの実験」には、ジェイムズ的人物の戯画化は一切なされていないのだろうか。そこにはたとえばボーボリ公園で再会したトラフォードに向かって、マーガレットが「あなたは男性固有のエゴチズムで私があなたを愛していると信じている」という言葉を投げかける場面が用意されている。この短編はジェイムズの新作『ある婦人の肖像』の連載開始を一か月後に控えた一八八〇年一〇月に『アトランティック・マンスリー』に発表されたので、ジェイムズの目に留まったかもしれない、と考える伝記作家アン・ボイド・リューは、「彼［ジェイムズ］はトラフォードのなかに彼自身のいくつかの側面を、恐らくはトラフォードの最も顕著な性向である彼のエゴチズムを認めたに違いない」と論じ、甥のサミュエル・メイザー宛ての手紙で、ウルスンが「トラフォードのような男性たちは大抵の場合、うぬぼれが間違いなく強いのです。でも、それは最悪ではありません。最悪なのは、その男性たちはまたしても大抵の場合、（ほかの点で）とても魅力的なので、ほかの点を受け入れるためには、その『うぬぼれ』を容認しなければならないということです！」と述べている事実に注目している（Rioux 138-39 強調原文）。ウルスンがフィレンツェでのジェイムズを「完璧なまでに魅力的」と評したとき、彼女もまた作中のマーガレットと同じようにジェイムズの「うぬぼれ」を同時に容認していたことを読者としては見落としてはならないのだ。

だが、ゴーラが指摘しているように、ジェイムズは短編「フィレンツェでの実験」に反対することもなく、ウルスンと絶交することもなかった。その後もずっと二人の親密な交友関係は続き、ジェイムズ的人物はウルスンのいくつかの短編に登場し続けることになる。だが、そのジェイムズ的人物は果たして

「完璧なまでに魅力的な」だけだったのだろうか。それともヴァーノン・リーの作品に描かれていたとされるような女性作家に敵対的な態度を取る人物だったのだろうか。この問題に焦点を絞って、女性芸術家が登場するウルスンの短編のいくつかを読み直してみたい。

2 短編「ミス・グリーフ」の世界

そのための最も適切な作品の一つとして、ウルスンがジェイムズに出会う二、三週間前に書きあげて、一八八〇年五月に『リッピンコット・マンスリー・マガジン』に発表した短編「ミス・グリーフ」("Miss Grief")を取り上げてみよう。

この作品の冒頭部分はつぎのように書き出されている――

「うぬぼれた愚か者」というのはありふれた表現だ。かく言う僕も自分が愚か者でないことは知っているが、うぬぼれ男であることもまた知っている。だが、率直に言って、たまたま若くて、丈夫で、健康で、十人並みの容姿で、相続したかなりの金と、それを上回る自分で稼いだ金を持っていて――全部合わせると、人生を何不自由なく送るに足る金を持っていることになる――さらに、この経済的基盤が文学的成功という快適な上部構造を支えているとなると、それもやむを得ない仕儀ではあるまいか。この成功は僕が当然受けてしかるべきものだと僕は思っている。

もちろん、これは努力せずに手に入れたのではない。しかし、それにもかかわらず、この成功の希少性を僕は高く評価している。こうして、僕は人生を心ゆくまで享受している。社会的な知名度のような僕が手に入れたいものはすべて手に入れているし、僕自身のささやかな評判に対しても深い満足をおぼえているが、この満足感を当然のことながら僕は慎重に人目から隠し、不干渉というささやかなやり方で育んでいる。

このように語る語り手はローマの社交界で優雅に暮らす「社会的な知名度」を手に入れたアメリカ作家で、名前は最後まで明かされていないが、やがて結婚することになるイザベルという恋人にも恵まれている。

この男性作家を黒衣に身を包んだみすぼらしい女性が訪ねて来るところから物語は始まる。それはアーロンナ・モンクリーフと名乗る女性で、下僕の聞き違いのせいで作中ずっとミス・グリーフと呼ばれることになるが、語り手の作家の熱心な読者である彼女は、いくつかの自作に目を通して、その出版に手を貸してほしいと執拗に頼み込む。語り手は門前払いをすることもできず、結局は彼女の作品のいくつかを読む羽目になり、そのなかの散文で書かれた一編を月刊雑誌の編集者である友人に送るが、掲載を断られる。とりわけ『甲冑』と題するミス・グリーフの戯曲の迫力に圧倒された語り手は、つてを頼って出版社に売り込もうとするが、これまた失敗に終わってしまう。さらに、ミス・グリーフには内緒で、その戯曲をひそかに手直ししようとしたものの、持ち味を殺すことになるのを恐れた語り手は、それさえも諦めざるを得ないことに気づく。

ある日の午後、ミス・グリーフの叔母である老婆にたまたま出会った語り手は、貧民街のアパートの殺風景な部屋で病の床に臥せっている彼女を見舞うことになり、その場の雰囲気に流される形で、例の戯曲が出版されることになったと口走ってしまう。だが、その場限りの作り話を耳にして、ミス・グリーフは「これまで心底からの幸福がどんなものか、絶対に知ることがなかった」と呟き、語り手を「戯曲の遺著管理者」に指名しただけでなく、彼女の死後、ほかの原稿はすべて一緒に埋葬して欲しいと告げるが、朝方近くなって容体が急変した彼女は息を引き取る。棺の蓋に付けた名札には「アーロンナ・モンクリーフ　年齢四三歳二か月と八日」と書かれていた、と語り手は報告している。

例の戯曲『甲冑』を手元に置いている語り手は、それを「メメント・モリ」としてではなく、「絶えず感謝し続けなければならない僕自身の幸運を思い出させる記念物《メメント》として」時たま読み返している、と告白し、「ミス・グリーフ」の物語をつぎのような言葉で語り終えている——

たった一粒の小さな何かが欠けていたために、あの女の人の作品はすべて無に帰し、そのたった一粒の小さな何かが僕には与えられていた。ずっと大きな実力に恵まれていたあの人は失敗した——ずっと小さな実力しかない僕が成功した。だが、いかなる賞賛も僕に与えられるべきではない。僕がこの世を去るとき、『甲冑』は誰にも読まれることなく廃棄されることになっている。イザベルさえもそれを見ることはない。女性はとかくお互いを誤解するのが常であり、僕の愛する妻は、僕にとって大切な、かけがえのない存在だが、その妻であれ誰であれ、『甲冑』

の作者の思い出に、「出版に適さない」とされ、世に受け入れられることなく身罷《みまか》った僕の哀れな「ミス・グリーフ」に、侮蔑の念をいささかなりとも投げかけるようなことが仮にあるとすれば、僕はそれに耐えることができないからだ。

この短編「ミス・グリーフ」の簡単な梗概からだけでも、一九世紀末アメリカにおいては男性作家が出版界を牛耳っていて、女性作家の存在は一切認められていなかったことをうかがい知ることができる。死に際のミス・グリーフが語り手に向かって「あなたは若くて、強くて、金持ちで、褒められて、愛されていた。私はそのどれでもなかった」と呟き、二人の間の「コントラスト」に触れている。凡庸な男性作家が「成功」を手に入れ、「ずっと大きな実力」に恵まれていた女性作家が零落する姿を描くことで、一九世紀末アメリカ文壇の露骨なまでのジェンダーギャップにウルスンは光を当てているのだが、語り手の男性作家がミス・グリーフに対して敵対的な態度を取っているようには見えない。彼女の作品の出版のためのエージェント役を果たすなど、その態度はむしろ好意的ではないかと思う向きがあってもおかしくないだろう。

だが、語り手の男性作家が死の床にあるミス・グリーフを見舞ったとき、彼女の年老いた叔母は「お前さんの恩着せがましい顔には、いい知らせなど何もないと書いてあるぜ。もうこれ以上、この世で、あの子を苦しめたり痛めつけたりするような真似はさせない」と喚き、茫然としている語り手に向かって、「誰があの子を苦しめたり痛めつけたりしたかとお尋ねだが、はっきり申し上げて、それはお前さん、お前さんだ――文士とか呼ばれるお前さんたちだ！」と怒鳴り、「吸血鬼たちめ！　あの子の考えを盗み、あの子を食い物にして、飢え死にさせても知らん顔だ。そのことをお前さんは知っている――あの子の憐れな原稿を何か月も何か月も持っていたのはお前さんだからな！」（強調原文）と非難する。この叔母の言葉は男性作家である語り手が「『吸血鬼たち』の階級の一人」（Boyd 195）であることを、女性作家たちに敵対的な男性作家たちの一人であることを明らかにしている。

短編「ミス・グリーフ」の語り手の男性作家について、二〇一二年に出版された『ある小説の肖像』の著者マイケル・ゴーラは「ジェイムズ自身のパロディ版である、ローマのアメリカ作家」（Gorra 129）と言い切り、小説家のエイミー・ジェントリーは二〇一九年五月九日に『シカゴ・トリビューン』に寄せた文章で「ジェイムズに似た文壇の名士の視点から彼を偶像視する虐げられた女性作家について書かれた「ミス・グリーフ」において、ウルスンはジェイムズの自尊心を軽やかに、完全に抑えた筆致で風刺し、意地悪くなる直前に筆を擱いている」（Gentry n.p.）と説明している。

この二つの発言はいずれも最近の論者からの引用だが、短編「ミス・グリーフ」の語り手とジェイムズの間の類似性は、かなり早くから指摘されている。例えば、レイバーン・S・ムーアは一九六三年出版の著書で「両者ともに財産を相続して、『処世術』を心得ている男性である。両者ともに『バルザックを少しばかり手本にしている』作品を書いている。両者ともに作中に登場する人物の心理的動機に興味を抱いている。そして、両者ともに『絨毯の下絵』という表現を似たようなやり方で使っている」（Moore 156）と論じている。なお、この「絨毯の下絵」云々というのは、ウルスンの短編に使われている“one especial figure in a carpet"を踏まえて、ジェイムズが短編「絨毯の下絵」("The Figure in the Carpet")を一八九六年に発表したことを指している。

ムーアから四〇年後の二〇〇四年、アン・E・ボイド(なお、ウルスンの伝記を書いたアン・ボイド・リューと同一人物)もまた、「ジェイムズとウルスンの短編の語り手である男性作家との明白な類似点」について、①「名前が明かされていない男性作家はジェイムズと同じように財産を相続していて、著作からの収入だけに頼る必要がない」、②男性作家はジェイムズと同じように「社交界のおもしろいスケッチを書いている」、③「男性作家は『バルザックを少しばかり手本にしている』と語っているが、一八七五年に発表したエッセイ『オノレ・ド・バルザック』はジェイムズもまた同じだったことを示していた」(なお、このバルザック論[James, "Honore de Balzac"]は一八七五年一二月に『ザ・ギャラクシー』に掲載された二三頁もの本格評論だった)、④「男性作家は古い遺跡や工芸品を扱った『オールド・ゴールド』("Old Gold")と『葬られた神』("The Buried God")と題する自作の短編二篇に言及しているが、ジェイムズの『ヴァレリー家最後の者』("The Last of the Valerii," 1874)も同様のものを扱っていた」、⑤「男性作家は自分自身を『文学界での成功者』と呼んでいるが、ジェイムズも『デイジー・ミラー』("Daisy Miller")のセンセーショナルな出版で成功を収めたばかりだった」(Boyd 191)と説明している。

アン・ボイドは「この短編が偉大な作家[ジェイムズ]に会うことを予想して書かれたことを、その登場人物と主題は明らかにしている」(Boyd 191)とも論じているが、短編「ミス・グリーフ」の冒頭で語り手の男性作家が「『うぬぼれた愚か者』というのはありふれた表現だ。かく言う僕も自分が愚か者でないことは知っているが、うぬぼれ男であることもまた知っている」と告白していることを見逃してはなるまい。すでに触れたように、実際にジェイムズに会った後で書かれた短編「フィレンツェでの実験」に登場するジェイムズ的人物のトラフォードについて、ウルスンが「うぬぼれが間違いなく強い」と語っていたことを知っている読者としては、短編「ミス・グリーフ」を手に取った瞬間から、そのうぬぼれが強い語り手の男性作家をジェイムズと重ね合わせることになるのではないか。ウルスンのあずかり知らぬこととはいえ、「うぬぼれが強い」（conceited）の一語が二つの短編を効果的に結び付け、語り手の男性作家とジェイムズの類似性を際立たせる結果になっていると考えたい。

さらに興味深いことに、短編「ミス・グリーフ」が一八八四年にスクリブナー刊の『アメリカ作家短編集・第四巻』（*Scribner's Stories by American Authors*: Volume IV）に収録されたとき、ウルスンは語り手の恋人の名前をエセリンド（Ethelind）からイザベル（Isabel）に変更している。三年前の一八八一年にはジェイムズの『ある婦人の肖像』が出版されているので、その女性主人公の名前イザベル・アーチャーを意識しての変更であったことは容易に想像がつく。それはジェイムズの代表作にウルスンが捧げたひそかなオマージュだったのだが、ジェイムズに宛てた一八八三年五月七日付の手紙で、彼の作品が「私自身の感情、とても深い感情を——ほかの何にもできなかった形で——私に代わって表現してくれている」と述べていたことを思い出すなら、この短編そのものがジェイムズの影の下で書かれた作品だったことに読者は気づくに違いない。

ウルスンはまた、ジェイムズに宛てた一八八二年二月一二日付の手紙で、自分自身を「女性文学者ではなく、感嘆している叔母のような者」(強調は引用者)と呼びながら、著者から献呈された『ある婦人の肖像』の詳細な読後評を書き送っているが、女性作家が紳士の肖像を手掛けたりすれば「嘲笑の嵐」に襲われかねない状況だというのに、「あなたはどうして淑女の肖像を描くようなことができたのですか」とジェイムズに問いかけている。短編「ミス・グリーフ」の語り手とジェイムズの類似性にこだわる読者としては、女性作家の領域にずかずかと足を踏み入れた理由を「感嘆している叔母」から問い質されている『ある婦人の肖像』のジェイムズと、「吸血鬼たちめ！」とミス・グリーフの怒り狂った叔母に毒づかれている短編「ミス・グリーフ」の語り手がオーバーラップするのをいかんともし難いのだ。

ついでながら、エレイン・ショーウォーター編纂の作品集『デカダンスの娘たち』(Elaine Showalter, ed. *Daughters of Decadence*, 1993)で、ウルスンの「ミス・グリーフ」とリーの「レディ・タル」が並んで配置されているのは、この二つの短編にジェイムズ的人物が登場しているという共通点があるからだろうということは容易に想像がつく。同時にまた、この二編はいずれも文壇を支配しているのが男性作家たちであることを示しているだけでなく、その男性作家の一人としてのジェイムズ的人物に女性作家が援助を求めて近づいているという点でも共通していることをショーウォーターが慧眼にも見抜いていたからに違いない。

いずれにせよ、短編「ミス・グリーフ」の語り手はジェイムズ的人物として描かれているだけでなく、その人物は女性作家の存在を認めようとしない男性作家、ミス・グリーフの叔母のいわゆる「吸血鬼」だったように思われるのだが、そう結論する前に女性芸術家を扱ったウルスンのほかの二編の短編に登場するジェイムズ的人物の生活と意見を検討しなければならない。

3　ヒヤシンス通りからコリンズの城館へ

短編「ヒヤシンス通り」（"The Street of the Hyacinth"）は一八八二年に『センチュリー・マガジン』に発表された作品だが、題名のヒヤシンス通りはローマの通りで、「狭くて、曲がりくねっていて、とても清潔とは言えなかった」と冒頭で紹介されている。

この通りで行き違う二台の馬車は、例によって例のごとくいきり立った御者が馬の尻を鞭で激しく叩いたり、大声を上げたりした後で、両側の家の戸口や窓をかすめながらも、やっとのことで通り抜けることができたが、当地に来たばかりの人は、最初の一日か二日、魂の聖なる都市ローマを命がけのスピードで駆け抜けているかのような錯覚にとらわれる。

とはいえ、ヒヤシンス通りで二台の馬車が行き違うことは滅多にない。それは大通りでなかったし、便利な近道でもなかった。それはパンテオンの裏手を迂回していたが、通りの両側の古い建物は青空高く聳え立っているために、日光が五階の窓の列から下に射し込むことは絶対になかったし、車道から空を見上げることは、井戸の底から見上げるようなものだった。もちろん、歩道などはなかった。仮にあったとしても、誰一人としてそれを利用しようとしなかったと思われるが、それは燃え殻その他のちょっとした廃棄ごみを階下の戸口まで長い階段を歩いて持ち運んだりせずに、市営の清掃車のために窓から投げ下ろすという怠けた慣習のせいだった。

このヒヤシンス通りに面した安アパートの四階に、母親と一緒に住んでいるエティ・マックスは、二二歳のナイーブなアメリカ女性で、一流の画家になるという夢を抱いて、ローマにやって来たのだった。アメリカ西部の田舎町にある女子生徒のための女学院《セミナリー》で四年間美術を勉強して才能を発揮した彼女の目的は、かねてから愛読するアメリカ人美術評論家のレイモンド・ノエルから直接指導を受けることだった。女性主人公が権威のある男性の指導を受けるという設定は、画家と小説家の違いはあるけれども、短編「ミス・グリーフ」のそれと似通っている。

だが、エティの習作を見たノエルはその出来栄えに失望するだけでなく、ドーリア・パンフィーリ美術館所蔵の傑作の見どころを解説してやっても、エティはどの絵も無意味で、醜くて、つまらないといった感想を抱くばかりだ。社交界の人気者で、多忙を極めるノエルは、結局、匙を投げる形で、エティをローマ在住のイギリス人画家の下で勉強させることにするが、この画家は彼女に恋するだけで、絵画の技法など教えようとはしない。紆余曲折の末に、画業を諦めて教師となり、母親と貧乏生活を送っているエティにノエルが求婚する。しばらく逡巡した後で、彼女が結婚に同意したとき、親子が住んでいるヒヤシンス通りが都市計画の一環として取り壊しになることが判明する。「ヒヤシンス通りは大いなる転落（a great downfall）を経験した」が、エティの結婚もまた「もちろん、大いなる転落だった。ノエルはいつもそう主張していた」という記述で、物語は結末を迎える。

この作品に登場する美術評論家レイモンド・ノエルがジェイムズ的な特徴を備えていることは、研究者たちによって指摘されている。レイバーン・S・ムーアは「『ミス・グリーフ』の語り手とノエルはどちらも美的感性といったジェイムズ的な素養のいくつかを示している。事実、それぞれが部分的にジェイムズ自身をモデルにしているかもしれない。ミス・ウルスンは一八八〇年代の初めにイタリアの画廊や客間で彼女の友人と多くの時間を過ごしているのだから」(Moore 67)と述べている。リンドール・ゴードンもまたウルスンは「レイモンド・ノエルという名のアイドル視されている作家でディレッタントの人物のなかにヘンリー・ジェイムズに酷似している肖像を描こうとした」(Gordon 192)と指摘している。

短編「ヒアシンス通り」が一八八二年に『センチュリー・マガジン』の五月号と六月号に載ったとき、同誌にはハウエルズの『ありふれた訴訟事件』(William Dean Howells, *A Modern Instance*)が連載中だったので、ウルスンの短編がジェイムズの目に留まった可能性が高いと考えるアン・ボイド・リューは、「彼はレイモンド・ノエルのなかに洗練された親しみやすさ、社交界での人気、美術に関する広い知識とかいった彼自身のいくつかの側面を認めたかもしれない」と述べ、この作品には「ジェイムズが間違いなく描かれているだけでなく、戯画化さえされているかもしれない」(Rioux 147)と言い切っている。

なお、ドーリア美術館をエティと一緒に廻ったとき、ノエルは「絵画について何かを勉強するために預けられた頭の良い子どもに話しかけるように、彼女に話しかけた。彼は単純明快な用語を使い、異なった流派の際立った特徴に触れた」と書かれている。二二歳の画家志望の女性に向かって、難解な専門用語を極力避けながら、無知だが「頭の良い子ども」を相手にするかのように、上から目線で説明するというのは、典型的な「マンスプレイニング」と呼ばざるを得ないだろうが、これは美術評論家レイモンド・ノエルだけでなく、本書の次章で触れるように、書評家ヘンリー・ジェイムズにもしばしば見られる姿勢であることを、ここで指摘しておきたい。

その虚構と現実の一致が物語ってもいるように、短編「ヒヤシンス通り」に登場する美術評論家ノエルは明らかにジェイムズ的人物であり、その人物が一人の女性画家に結婚という「大いなる転落」をもたらしたのだったが、ウルスンが一八八七年一〇月に『ハーパーズ』に発表した短編「コリンヌの城館にて」("At the Chateau of Corinne")には一体どのようなジェイムズ的人物が姿を見せ、どのような女性芸術家の「大いなる転落」を引き起こすことになるのだろうか。

このかなり長い短編は小説『コリンヌ』(*Corinne*, 1807)で知られるスタール夫人(Madame de Staël, 1766-1817)がナポレオンによってパリから追放された後、父の領地だったレマン湖畔のコペで暮らしていた城館を重要な舞台として展開する。

物語の冒頭をウルスンは「レマン湖畔には数多くの別荘が建っている。数世紀にわたって、ツタに覆われた岸辺は数多くの外国からの観光客に人気のある憩いの場だった。イギリス人、フランス人、ドイツ人、オーストリア人、ポーランド人、ロシア人がジュネーヴの北、ローザンヌの東、ヴェヴェイやクラランやモントルーの南に広がるレマン湖を縁取るいくつもの庭園を所有する外国人たちのサークルを作っている。しばらく前、このサークルに一人のアメリカ人が加わった。そのアメリカ人はウィンスロップという名前の女性だった」と書き始めている。

　このアメリカ人女性キャサリン・ウィンスロップが短編「コリンヌの城館にて」の主人公で、彼女は従姉のシルヴィアやシルヴィアの従弟のウォルポールなどに囲まれて優雅な生活を送っている。そこにシルヴィアの甥のジョン・フォードが登場して、ウィンスロップ夫人と意気投合するが、夫人が匿名で発表して好評を博した詩集をすでに読んでいたこともあって、夫人に求められるままに率直かつ辛辣な批評を加え、夫人の不興を買うことになる。

　数か月後、コペの城館で夫人と再会したフォードは、夫人の財産が底をつき、財産目当てで夫人と結婚の約束をしていた詩人ロリマー・パーシヴァルにも捨てられたことを知って、夫人に結婚を申し込む。「ニューヨーク近くのジョン・フォード氏の家の書斎には、古ぼけた黄色い城館を描いた一枚の水彩画が名誉ある場所に飾られている。その下には、かの雄弁な女流作家にして高貴な女性だったスタール夫人の全著作が独立した形で並べられている」という物語の結末の描写は、フォードと結婚して詩作を放棄せざるを得なくなったキャサリンの悲劇を浮き彫りにしているのだ。

　短編「コリンヌの城館にて」のジョン・フォードについて、レイバーン・S・ムーアは「その冷静さがトラフォード・モーガンの自信を思い起こさせる教養あるアメリカ人」(Moore 73) と説明しているが、短編「フィレンツェでの実験」のモーガンがジェイムズ的人物であることはすでに触れた。フォードを「ウルスンの描いたもう一人のジェイムズ的人物」と考えるアン・ボイド・リューもまた「彼は作家でも評論家でもないけれども、彼の描写は著しくジェイムズに似通っている。フォードもまた『あまり表情のない』

灰色の目と短く刈った茶色の髪をしている。彼の態度は『穏やかで、まったく衒いがない』し、内気で、少しばかり皮肉屋で、意固地なところがある」（Rioux 149）と述べている。フォードは「ジェイムズをモデルにした人物」と断定するジェラルディーン・マーフィーが、ウルスンの代表作『イースト・エンジェルズ』（*East Angels*, 1886）に登場する三五歳のエヴァート・ウィスロップのモデルは三六歳のジェイムズであると論じていることも見逃せないだろう（Murphy 234-35）。

この短編「コリンヌの城館にて」がジェイムズと彼の『ボストンの人々』（*The Bostonians*, 1886）への「デリケートな賛辞」と考える『ヘンリー・ジェイムズ——成熟期の巨匠』の著者シェルドン・ノヴィックは、「意志の強い女性キャサリン・ウィンスロップが傲慢な男性ジョン・ソォードと恋に落ちて、独立心を彼のために投げ捨てる」物語は、『ボストンの人々』のテーマを要約しているだけでなく、ジェイムズに捧げられた「賛辞を一層明確にするために、フォードはジェイムズ自身に似せられている。彼は茶褐色の頭髪、灰色の目、ふさふさした顎髭をしていて、そのエレガントな横顔は正面を向いた丸顔よりももっと彼の性格を表している」（Novick 102）と主張している。果たして短編「コリンヌの城館にて」はヘンリー・ジェイムズに捧げられた「デリケートな賛辞」と言い切れるのだろうか。

ここで読者はウィンスロップ夫人の詩作品を辛辣に批評したフォードが、つぎのように自説を開陳していたことを思い出さなければならない——

「僕らは偉大な絵画を女性に期待しないと同じように、偉大な詩を女性に期待していないし、逞しい筋肉を期待しないと同じように、強力な論理思考を期待してもいない。女性の詩は主観的だ。しかし、許すことができないのは——少なくとも僕の持論では——この詩集の際立った特徴と僕が呼んだ、ある種の大胆さだ。［中略］女性はこのように大胆であるべきではない。空高く飛ぶことを考える女性は例外なく墜落する。女性の精神的領域は男性のそれとは異なっている。男性のそれより低くても、同じレベルであっても、ずっと高くても、それは少なくとも異なっている。そして、女性が女性の精神的領域を後にして、必然的に汚されなければならい純粋無垢な姿のまま、けばしい葛藤の舞台《アリーナ》に——男性同士が競い合い、土埃が舞い上がり、空気が汚れて重苦しい葛藤の舞台に降り立つのを見るのは——それはまさしく心痛む光景にほかならない。誠実な男性はすべて、この女性、この哀れな道を誤った預言者のような女性に近づいて、その唇をやさしい手でふさぎ、どこか静かな野原のなかの遠く離れた場所へ——その女性が自らの過ちを悟り、新しい人生を始めることができる場所へ連れて行きたいという衝動に駆られるのだ」

この批判的なコメントを長々と引用したリューは「このような意見はジェイムズの礼儀正しい態度の背後に潜んでいるのをウルスンが感じ取ったものと思われる」（Rioux 149）と説明している。

さらに、この歯に衣着せぬコメントに続けて、フォードが「僕が意図したことをそのまま受け入れてくれたまえ、キャサリン。真の女性らしく受け入れてくれたまえ。君の性質の優しい側面、淑やかで女性らしい側面を僕に見せてくれたまえ。そうすれば僕は間違いなく君の求婚者にならせてもらうよ」と語っている事実に注目したシェリル・B・トースニー（Cheryl B. Torsney）は、彼の言葉を「真の女性らしく」受け入れて欲しいというフォードの発言について、「もし彼女が家父長制社会が指示するように――真の女性のように振舞うなら、主人は彼女を家族の一員に加えることを考えるだろう」（Torsney 1989: 92-93）ということを意味していると主張している。

フォードと結婚した女性詩人キャサリンは、狭苦しい女性の領域に閉じ込められて、沈黙を守ることを余儀なくされ、物語の結末では、その姿を読者の前に見せることさえもない。この声を失ってしまったキャサリンの悲劇に触れて、リンドール・ゴードンは「彼女の物語のクライマックスは彼女の完全な沈黙だ」（Gordon 189）と述べ、アン・ボイド・リューも「私たちが彼女の声を聞くことは一切ない。彼女は二度と書かないことを、フォードとの結婚と引き換えに、男性に依存する従順な『真の女性』になることを約束したのだ」（Rioux 150）と論じ、トースニーと同じように家庭という女性の領域で家事に勤しむ「真の女性」という概念に言及している。

「ヒヤシンス通り」と「コリンヌの城館にて」の二作品は「女性芸術家の死」を描いていると考えるリューは、「そのどちらにも女性に芸術を放棄して、自分と結婚するように説得するジェイムズ的な人物が登場している」と述べ、「最も衝撃的な点は、そのジェイムズ的な批評家たちが女性は偉大な芸術家になれないということを彼女たちに納得させていることだ」（Rioux 145）と語っている。リューはまたアン・ボイド名義で発表したアメリカ女性作家論でも短編「コリンヌの城館にて」は「女性芸術家の発展と『コリンヌ』で始まった伝統の終焉を告げる弔鐘を鳴らしている」(Boyd 120)と述べ、「『ヒヤシンス通り』と『コリンヌの城館にて』におけるジェイムズ的男性の描写において、彼女［ウルスン］は彼女の創作活動を抹殺しようとするジェイムズの潜在的な力の問題と対峙していた」(Boyd 199)と結論していることを付け加えておこう。短編「コリンヌの城館にて」をジェイムズ賛美、ジェイムズに捧げられた「デリケートな賛辞」と断定するシェルドン・ノヴィックの主張は見当違いも甚だしいと言わねばなるまい。

どうやら、短編「ヒヤシンス通り」と短編「コリンヌの城館にて」に登場する二人のジェイムズ的人物は、いずれも「真の女性」として振舞うことを女性芸術家に期待する「家父長制社会」の一員にほかならず、女性を家庭という閉鎖的な空間に封じ込めることを要求するアンドロセントリックなアメリカ文化の価値基準の体現者としての姿を現している、と言い切っていいようだ。だが、ウルスンのいくつかの短編に登場していたのは、あくまでも彼女が創造したジェイムズ的人物だったのだが、現実のヘンリー・ジェイムズは一体いかなる態度を同時代の女性芸術家たちに対して取っていたのだろうか。「ミス・グリーフ」で言及されていた「吸血鬼」みたいに、彼女たちの創作活動を抹殺するような振る舞いをしていたのだろうか。

この疑問に答えるために、次章では書評家として活躍していた若き日のジェイムズに登場してもらって、女性小説家たちの何冊かの作品を才気煥発な彼がどのように読み解き、どのように批判していたかを考察することにしたい。

第二章

幼児化される女性小説家たち

1　書評家ヘンリー・ジェイムズ

イギリス女性作家メアリー・オーガスタ・ウォード（筆名 "Mrs. Humphrey Ward"）に宛てた一八八四年一二月九日付の手紙で、ヘンリー・ジェイムズは「私は批判的で冷笑的ということで一定の評価を得ているかもしれない」と自嘲的に語っている。彼がとりわけ女性作家に対して「批判的で冷笑的」だったことは早くから知られていて、リンドール・ゴードンは「一八六〇年代半ばのルイーザ・メイ・オールコットの『気まぐれ』に対する辛辣な書評を手始めに［中略］ジェイムズは女性作家を貶し続けた」（Gordon 185）と述べ、アン・ボイド・リューも「女性作家に対する彼の基本的な無視は彼の初期の書評にはっきり表れている」（Rioux 149）と指摘している。ジェイムズは女性作家に敵対的だったというヴァーノン・リーの発言に彼が異常なまでに敏感に反応したのは、思い当たる節があったからに違いない。

この章では、ジェイムズの初期の書評のいくつかを読み直し、書評家としての彼が女性作家たちに対して「批判的で冷笑的」だった事実を明らかにすることによって、やがて「巨匠」と呼ばれることになる男性作家が、ウルスンの短編のいくつかに登場していたジェイムズ的人物と同じように、露骨なまでにアンドロセントリックな価値観の持ち主だったことを明らかにしてみたい。そのためにまず取り上げるのは、ジェイムズが一八六五年一月に『ノース・アメリカン・レヴュー』に発表したハリエット・エリザベス・プレスコット（Harriet Elizabeth Prescott, 1835-1921）の長編小説『アザリアン――あるエピソード』（*Azarian: An Episode*, 1864）の書評だが、この書評は若き日の批評家ジェイムズを論じたアルフレッド・ハベガーの『ヘンリー・ジェイムズと「女性問題」』でも分析されていない。

『アザリアン』の作者プレスコットは、一八六五年にリチャード・スポフォードと結婚したため、文学史にはハリエット・プレスコット・スポフォードとして記載されていて、「作者や読者がリアリズムにますます傾斜していった南北戦争前後の時期に、スポフォードはロマンスのカラフルなドラマとラプソディックな言葉を失わなかった」（Davidson and Wagner-Martin 844）といった評価を受けているが、現在ではラトガーズ大学出版会のアメリカ女性作家シリーズの一冊として出ている短編集『「琥珀の神々」その他』（*"The Amber Gods" and Other Stories*, 1989）で知られているにすぎない。だが、一八六三年にティックナー・アンド・フィールズ社から出版された同題の短編集の書評を同年一〇月に『ノース・アメリカン・レヴュー』に載せたヘンリー・ジェイムズは、小説家や短編作家に不可欠な「二つの特性」である「場面や人物を明快かつ強力に描写する能力と、長い語りの最後まで読者の注意を惹きつける力」をプレスコットが十二分に備えていると指摘し、彼女が高い人気を博している秘密の一端は「彼女の描写の力強さと輝きが結びついている点」にあるとしていた。

ハリエット・プレスコット

だが、それから二年後に発表された『アザリアン』の書評におけるヘンリー・ジェイムズは、作者プレスコットを徹底的に批判攻撃する。この長編小説が扱っているのは花の絵を描くことを仕事にしている若い孤児の女性ルースと、ボストンに住まう若いギリシャ人の医師アザリアンの恋愛だが、この二人の主要人物についてジェイムズは「ルースは心が温かくて忍耐強く、アザリアンは心が冷たくて利己的」と説明し、アザリアンを愛して捨てられ、絶望の果てに自殺まで考えたルースがやがて立ち直って幸福を手に入れる物語について、「『アザリアン』の主題が十分にドラマティックである」ことを認めている。だが、この物語の「本当の興味は二人の人物の精神的な交わりの歴史にある」にもかかわらず、読者に示されるのは「[作品に登場する] 四人の身体的特徴と衣装や非動物界の様相の精密な描写」に限られている。その主要登場人物のルースやアザリアン、それにチャーミアンやマダム・サラトフは「一九世紀のボストンに住む人々」で、「彼らが役割を担っているささやかなドラマは [中略] 毎日、ボストン・コモンとチャールズ川の間のどこかで演じられている」はずだが、その人物たちに対する親密感を読者が味わうことがないのは、「ピクチャレスクに対するミス・プレスコットの過度の思い入れによって、そのような感情から私たちが効果的に遠ざけられている」からだ、とジェイムズは説明している。

例えば登場人物の一人のマダム・サラトフについて、プレスコットは彼女がロシアからの亡命者の妻だったが、ボストンに居を構え、フランス語と音楽とロシア語の家庭教師をすることで生計を立てているにもかかわらず、「モスクワのクレムリンに相応しい豪奢な家に住み」、シルクやヴェルヴェットの衣装を身に着け、針仕事をするときは真珠の指ぬきを使い、サロンを開いては高級なリキュールを訪問客に振る舞い、「彼女の着衣の一つは豪華なクジャクの緑と金の羽根がついた、ジェノヴァ産のヴェルヴェットのガウンである」と説明している。プレスコットとしてはマダム・サラトフを「ヨーロッパ的なサロンの女主人」に仕立てたかったのだろうが、「彼女の当初の意図は、この言葉とイメージの厚塗り《インパスト》のせいで完全に消え失せてしまう。それが彼女の創造するすべての人物の運命で、死産か、数ページだけ生き続けるかのどちらかだ。彼女は自分の創った人物を愛撫で窒息死させる」とジェイムズは主張している。

この「愛撫で窒息死させる」という表現を敷衍するために、お気に入りの蝋人形の顔を弄りまわすことで愛情を表現しようとする幼い女の子を引き合いに出したジェイムズは、女の子がひっきりなしに指先で触り続けた結果、非常に形がよくて奇麗だった人形の鼻があっという間に薄汚れて、見る影もなくなってしまう、と解説している。「ある意味で、ミス・プレスコットをそのような女の子に譬えることができる。彼女は彼女の操り人形を指でいじり殺してしまうのだ」と断言する書評家は、『アダム・ビード』のヘッティや『虚栄の市』のベッキー・シャープをミス・プレスコットのページのなかに置けば、蠟燭の蠟のように溶けてしまうだろう、と述べ、「レベッカの巻き毛を引っ張ったり、そのドレスの襞を整えたりするのをいつまでも止めようとしないサッカレーを想像するがよい」と付け加えている。短編集『琥珀の神々』の書評では、プレスコットの「描写の力強さと輝きが結びついている点」を激賞していたジェイムズは、『アザリアン』の書評では、それをミス・プレスコットの「悪癖」と呼び、その「悪癖」のゆえに『アザリアン』は失敗作に終わっている、と断じている。

その「悪癖」をプレスコットは断ち切るべきだと考えるジェイムズは、「ミス・プレスコットは、成し遂げるに相応しい何かを成し遂げようと願うなら、最新流行の観念主義とはしばらく縁を切って、所謂リアリスト派の正典《キャノン》を真剣に研究しなければならない」と説き、バルザックの『ウジェニー・グランデ』を読むことを薦めている。確かに、この作品はミス・プレスコットのそれと同じように「外的対象を丁寧に描いている」が、ミス・プレスコットとは違って、「バルザックは対象を塗る（paint）こともしないし、写す（copy）こともしない。彼が選んだ道具はペンなので、彼は対象を書く（*write*）ことに満足している」（強調原文）と述べ、つぎのように論じている——

彼のドラマの場面や人物は詳細に描写されている。グランデの家、彼の居間、彼の習慣、彼の容姿、彼の衣服はすべて写真の忠実さで再現されている。グランデ夫人やウジェニーも同様だ。われわれは若い娘の身長や容貌や衣装に関して正確に教えられる。舞台に現れたときのシャルル・グランデも同様だ。彼の上着、彼のズボン、彼の時計の鎖、彼のクラバット、彼の髪の巻き毛についても詳述される。われわれには出来事《アクション》の大半が展開するかび臭い小さな居間が見えてくるようだ。灰色の板張り、色褪せたカーテン、がたのきたトランプ用テーブル、壁に掛かった額入りの刺繡見本作品、グランデ夫人の足温器、貧しい夕食の用意ができた食卓のことをわれわれは熟知している。それにもかかわらず、物語の人間的な興味に対するわれわれの意識が失われることは決してない。それはなぜだろうか。それはこれらの事物がそれ自体のためではなく、物語の出来事に関連する限りにおいてのみ描写されているからだ（強調原文）。

この長い引用の最後に「あなたが事物を描写する決心をするなら、それをいくら注意深く描写しても描写しすぎるということはない。だが、小説の本質は出来事《アクション》なので、その出来事に付随する事物だけをあなたは描写しなければならない」とジェイムズは書き加えている。ここでの「あなた」が一般の人を意味する所謂"generic you"であることは承知していながらも、暗にプレスコットを指しているのではないかと思いたくなるのは、その引用に続けて、「ミス・プレスコットは考え抜かれたプランに従って描写しているのではなく、ただ単に描写するために、そして、そうすることでピクチャレスクに対する彼女のほとんど病的な偏愛を満足させるために描写している、と読者は感じる」とジェイムズが述べているからにほかならない。こうした間接的な形で、弱冠二一歳のジェイムズは、描写のために描写している先輩作家プレスコットを批判し、事物を描写する方法についての助言を「女の子」としての彼女に与えている、と考えたい。

『アザリアン』の書評におけるジェイムズは、プレスコットを相手にバルザックに関する蘊蓄を傾ける一方で（すでに触れたように、彼は一八七五年一二月に長文のバルザック論を雑誌『ギャラクシー』に発表している）、「唯一の永続的なフィクションは読者の目ではなく、読者の心に語り掛けてきたフィクションだ」と解説したり、「ミス・プレスコットはあまりにも多くの単語、類義的な単語、無意味な単語を使いすぎる。女性作家の大多数と同じように——ブラウニング夫人、ジョルジュ・サンド、ゲイル・ハミルトン、ストウ夫人——流暢さという致命的な才能を過度に備えている」と説明したり、"studded with starry sprinkle and spatter of splendor"（「光り輝く星屑が散りばめられて」とでも訳せばいいだろうか）などといった「子どもじみた頭韻の試み」は「ただの言葉、言葉、言葉」であって、「何も表現していない。表現しているように見えるだけだ」とか「浅薄な考えを誇張された言葉で補強しようとするのは、死体の頬に紅を塗ったり、眉を眉墨で引くようなものだ」などと説教したり、「筆者はミス・プレスコットにリアルになることを、何かに忠実になることを強く助言する」（強調原文）と書評の終わり近くに書き留めたりしている。

ジェイムズが八歳年上のプレスコットを人形を愛でる幼い女の子になぞらえていることはすでに触れたが、その無知な幼い女の子としての著者に解説や説明や説教や助言を繰り返す書評家の行為は、近年問題視されているマンスプレイニングそのものではないだろうか。この書評におけるジェイムズが『アザリアン』の著者としての女性作家に終始、上から目線で接していることは否定すべくもない。本書の第一章でコンスタンス・フェニモア・ウルスンが描いていたジェイムズを彷彿とさせる登場人物たちと同じように、ここでの現身のジェイムズも一九世紀末アメリカのアンドロセントリズムと深く関わっているのだ。

同時にまた、ハリエット・プレスコットが築き上げた『アザリアン』の世界にも、アンドロセントリックな雰囲気が立ち込めていることを見逃してはならない。そこで「大地の支配者である男性」は「星々から秘密を聞き出し、晴天から稲妻を呼び出す力を備えている」という語り手の言葉は、男性が支配的で特権的な地位を占める家父長制社会にアザリアンとルースが住んでいることを暗示している。その社会はシャーロット・パーキンズ・ギルマンの唱える「男性が創った世界」にほかならないのだ。

ジェイムズは『アザリアン』における「二人の人物の精神的な交わりの歴史」を重視していたが、婚約者のアザリアンが「君は僕の望むような妻になるだろう——おとなしくて、素直で、従順な妻——手助けになるだけの力、伴侶になるだけの優雅さ、必要とされないときは独りにしておいてもじっと待ち続けるだけの機転を備えている妻」と語りかけるのを聞いて、「ゆるやかな怒りと驚き」が身内に燃え上がるのを感じたルースは「私たちの関係はすべてお終いです。私は決して、決して、そのような妻にはなりません、絶対に」と答えているが、結婚後の彼女が画家であることをやめて、「真の女性」の領域である家庭に収まることをアザリアンが期待していることは容易に想像がつく。彼がウルスンの短編に登場していたレイモンド・ノエルやジョン・フォードと同類の男性であることは書き立てるまでもないだろう。

さらに、「ある日、彼女［ルース］は笑いながら、彼が若い乙女たちの心臓のジュースを吸い取って肥ったあの吸血鬼たちを思い出させる、と彼に話した」ことを『アザリアン』の語り手は明らかにしているが、このエピソードはウルスンの短編「ミス・グリーフ」の語り手のジェイムズに酷似した男性作家もまた「吸血鬼」と呼ばれていたことを読者に思い出させるのではないか。ウルスンの作品世界で女性芸術家を「死」に追いやった男性たちが「吸血鬼」だったとすれば、『アザリアン』の女性作家プレスコットを完膚なきまでに叩きのめす書評を書いたジェイムズもまた「あの吸血鬼たち」の仲間だったといえるのではないか。その意味で、書評家ジェイムズは一九世紀アメリカのアンドロセントリックな文化の一翼を担う存在だった、と考えたいが、そう言い切ってしまう前に彼が発表したほかのいくつかの書評を検証しておきたい。

2 オールコットを書評するジェイムズ

一八六五年七月、ジェイムズは『ノース・アメリカン・レヴュー』にルイーザ・メイ・オールコット（Louisa May Alcott, 1832-1888）の小説『気まぐれ』（*Moods*, 1865）の書評を載せているが、この書評も『アザリアン』の場合ほどではないにしても、かなり手厳しい。『気まぐれ』でオールコットが扱っているのは「夫と妻と恋人という古めかしい物語」であって、この手あかに汚れた永遠の三角関係を語り直すに当たっては、「それをさらに面白いものにするか、さらに為になるものにする能力、それにさらにドラマティックな出来事か、さらに鋭い教訓を付け加える能力」が作者に要求される、と冒頭で書き起こしたジェイムズは、「ミス・オールコットは彼女の物語に哲学的な意味を与えることを自らに課したのだろうか」と問いかけ、その問いに対して否定的な答えを出している。

このような調子で書き始められた書評の結論部分で、ジェイムズは「『気まぐれ』に関する二つの最も際立っている事実は、人間性に対する著者の無知と、その無知を物ともしない自信である」と述べた後、ミス・オールコットは「日常の美徳や誘惑」を扱う程度には男女のことを知っているが、「偉大でドラマティックな情熱」を描くことはできないとか、彼女は「知識の欠如」のせいで登場人物を彼女の「道徳意識の深み」から引き出しているため、現実味に欠けるが、「ある種の美と気品」が溢れているとか、彼女の「人間性の経験」は浅いとしても、「それを賞賛する気持ち」は強いとか、彼女は「無生物界」に対して「純粋な愛情」を抱いていて、「それを描く非常に美しい方法」を心得ているとかいったことを列挙している。

「このような長所が備わっているので、自分が目にしたものだけを書くことに満足しさえすれば、ミス・オールコットが非常に優れた小説を書けない理由はない。そのような小説がやがて現れることを信じて疑わないが、それが現れた暁には、筆者はそれを歓迎する最初の人間となるだろう。二人か三人の有名作家は別として、この国でミス・オールコット以外の誰に平均を上回る小説を期待すべきか、筆者にはまったく分からない」という言葉でジェイムズは『気まぐれ』の書評を結んでいる。この二二歳のジェイムズの自信にあふれた口調に辟易する読者もいるに違いないが、オールコットの伝記作家マーサ・サックストンも「若き日のヘンリー・ジェイムズはルイーザに上から目線の書評を与え、彼女が目にしたものだけを書くように助言した」(Saxton 281-82) と評していることを付け加えておこう。

この書評が活字になったのは一八六五年七月のことだったが、その半年前の同年一月にヘンリー・ジェイムズ・シニアの招きでジェイムズ家の人々と食事を共にしたオールコットは、そのときの様子を「シバの女王のような接待を受けた。ヘンリー・ジュニアは『気まぐれ』の短評を『ノース・アメリカン』に書いてくれていて、とても人なつこかった。文学青年の彼は私に助言をしてくれたが、まるで彼が八〇歳で私は小さな女の子ででもあるかのようにだった」(Cheney 115) と日記に書き留めている。この個所を引用したアルフレッド・ハベガーは「オールコットの日記の記事の最後の一文は皮肉であるように思われる。それに先立つ、女王のように歓迎されたという主張と、ヘンリー・ジュニアが『とても人なつこかった』という主張は別として」(Habegger 72) と論じているが、この最後の一文に続けて、「私は三一歳だけれども、私のカールした短髪のせいで若く見えた」と書き加えることによって、オールコットはその皮肉を一層際立たせているのではないか。

同時にまた、『気まぐれ』の書評における二二歳のヘンリー・ジェイムズが八〇歳の老人のような態度で、三一歳の「小さな女の子」としてのオールコットに「助言」をしている図は、『アザリアン』の書評におけるジェイムズが人形を愛でる幼い女の子に譬えたプレスコットに上から目線で「助言」をしていたことを読者に思い出させずにはおかないだろう。いずれの場合にも、書評家ジェイムズは女性作家を無能力者に限りなく近い女の子に擬することによって、女性作家の「幼児化」を図っているのであり、上から目線で説明や説教を繰り返すことによって、男性の判断基準を唯一の判断基準と信じて疑わないアンドロセントリズムの信奉者としての姿を現しているのだ。

ついでながら、ナサニエル・ホーソーンの息子ジュリアンが回想しているエピソードを紹介しておこう。作家として世に出たころのオールコットに向かって、ジェイムズが「ねえ、君、調子に乗ってはいけないよ。世間の人たちは君のことを天才だと言うだろうけれど、信じては駄目」と忠告したというのだ。「ジェイムズ自身はそのとき（年齢的には）二〇代の初めの青二才だったのに、ルイーザは三〇歳で、とても知見の広い女性だった。ジェイムズは彼自身の経験ではなく［中略］『内なる光』に与えられた知恵がきっかけになって、この警告をしたのだった。しかし、ルイーザは生まれながらのユーモリストだったので、この助言を素直に受け入れた」（Julian Hawthorne 157）とジュリアンはコメントしている。『気まぐれ』の書評で「青二才」ジェイムズが「知見の広い女性」オールコットは人間性について何も知らないと断じていたことが改めて思い出されるのだ。

このジェイムズの書評に対して、「生まれながらのユーモリスト」のオールコットは、日記のなかで彼を皮肉ることぐらいしかしていないが、「数年後にオールコットはジェイムズに報復した」(Keyser 195: note 1) とエリザベス・レノン・カイザーは指摘し、一八八七年に発表された、彼女の最後の長編小説とされる『少女たちに捧げる花冠』(*A Garland for Girls*) に言及している。この小説は「メイフラワー・クラブ」のメンバーであるボストンの少女たちが週に一回集まって、読んだ本、読みたい本のことを語り合うという形で展開する作品だが、そこに収められた「パンジー」と題する章のヒロインが「私は絶対に「サミュエル・」リチャードソンを読まないけれど、彼がヘンリー・ジェイムズよりも退屈なはずはないでしょうよ、何の足しにもならないおしゃべりを延々と続ける人たちが一杯出てくる、終わりのない物語を書いたヘンリー・ジェイムズよりも」とクラブのメンバーに話しかけている。このエピソードによってオールコットはジェイムズに一矢報いているというのがカイザーの見解だが、『少女たちに捧げる花冠』のような少女小説がジェイムズの目に触れることはなかったかもしれない。

ジェイムズはまた、一八七五年に出版されたオールコットの『八人のいとこたち』(*Eight Cousins, or The Aunt-Hill*) の書評を、同年一〇月一四日付の『ネイション』に載せているが、ラトガーズ大学出版会版『気まぐれ』の編者サラ・エルバートが「ヘンリー・ジェイムズは『八人のいとこ』を憎んでいた」(Elbert xlii: note 5) と評している事実からだけでも、その書評の内容を推察することができるだろう。そこでの彼は「ミス・オールコットは子どもたちの小説家だ――子ども部屋と教室のサッカレーであり、トロロプだ。彼女は子どもの世界の社会問題を扱い、サッカレーやトロロプと同じような風刺家だ」と主張している。二人の偉大なイギリス作家の名前を引き合いに出しているとはいえ、女性作家オールコットを「子どもたちの小説家」と呼ぶことによって、ジェイムズが彼女の「幼児化」を試みていることは否定できない。この彼の書評に見られる上からの目線に敏感に反応し、オールコットに代わってリベンジを果たしたのは、ほかならぬコンスタンス・フェニモア・ウルスンだった。

ウルスンの短編「スローン・ストリートにて」("In Sloane Street") は、オールコットの死から四年後の一八九二年に『ハーパーズ・バザー』に発表された作品だが、家族と一緒にロンドンで暮らしているアメリカ作家フィリップ・ムーアは、女性作家の存在価値を認めようとしない人物として描かれている。その点、ウルスンが一連の短編で描いていたジェイムズ的人物に酷似しているが、彼に言わせると「女性は書くことができない。そして書こうとするべきでもない」。同時にまた、彼は「女性は子どもたちや若い女性たちのためには非常に立派に書くことができる」ということを認めながらも、「女性は人生の大きな問題、重要な事柄を表現することが全くできない」と主張し、「おまけに、女性は無知のまま説教をし始める」と言い放って、ムーア一家と同居している彼の幼馴染みのガートルード・レミントンを困惑させる。

だが、そのガートルードが出版されたばかりのオールコットの伝記を読んでいるという設定（シャロン・L・ディーンによると、それは一八八九年に出版されたエドナ・チェイニーの『ルイザ・メイ・オールコット』だったらしい [Dean 193]）からだけでなく、ウルスン自身が『若草物語』の愛読者で、アン・マーチの筆名（この筆名をアン・ボイド・リューは「オールコットへの敬意」[Rioux 73] としている）で発表した長編第一作『古い石の家』（*The Old Stone House*, 1873）が『若草物語』を思い出させると評されている事実［Rioux 73］から判断して、ムーアの発言は『八人のいとこたち』の書評でオールコットを「子どもたちの小説家」と定義していたジェイムズのそれの繰り返しであることは明らかだ。本書の第一章で見たようにジェイムズ的人物を繰り返し批判していたウルスンは、短編「スローン・ストリートにて」でフィリップ・ムーアをジェイムズ的人物に仕立て上げ、「無知」な女性作家を「幼児化」する書評家ジェイムズと小説家ムーアに共通する偏見を浮き彫りにすることによって、四年前に他界したオールコットの無念を晴らしていると考えたい。

3　女性作家の死者略伝を書くジェイムズ

一八六五年一月にヘンリー・ジェイムズが『ノース・アメリカン・レヴュー』に書評を発表した小説『エミリー・チェスター』（*Emily Chester: A Novel*, 1864）は、オールコットの『気まぐれ』と同じ年にボストンの有名出版社ティックナー・アンド・フィールズから匿名で出版された。やがて作者はボルティモア生まれの二六歳の女性アン・モンキュア・クレイン（Anne Moncure Crane, 1838-1872）であることが判明するが、原稿が完成したのは一八五八年のことだったと伝えられている。この小説で扱われているのも『気まぐれ』と同じ永遠の三角関係だったが、たちまちベストセラーとなって順調に版を重ね、イギリス版も出版されただけでなく、劇化されて好評を博したのだった。だが、『エミリー・チェスター』は現在では一般の読者に読まれることがないばかりか、アメリカ女性作家辞典の類にもクレインの名前が一切見当たらないのは、ジェイムズが彼女の作品の書評を書いたからだったと言えるかもしれない。

この忘れられた『エミリー・チェスター』とは一体どのような内容の小説だったのか。あるジェイムズ研究者は「この小説のテーマは、作者の淑女ぶった態度と下手な文章のせいで不明瞭になっている」としながらも、「それは夫に対する性的嫌悪と夫以外の男性に対する愛着にもかかわらず、夫を愛し、貞節を守る女性に関わっている」(Daugherty 14-15) と要約している。その書評を書いたジェイムズは、最初のパラグラフで、この小説のために無駄な時間を費やしたことに触れながら、「それは絶対に退屈な作品だが、にもかかわらず、多くの人があの退屈の大敵であるいかがわしい倫理的性向を見つけ出す作品である。それはほとんど価値のない書物だと筆者は考えるが、にもかかわらず、決定的にまじめな書物である。その執筆が著者にとって大問題だったことは明らかだ」と述べている。

だが、その直後に「筆者は『エミリー・チェスター』を「退屈な書物」と呼んだが、それは著者が手練れの作家でなければ退屈になることが必至の主題と手法を選んだからだ」と書評家は記し、そこに登場する夫と妻と恋人の三人についても、「細かく印刷された三五〇頁もの最後まで、このロマンティックなトリオの道徳的な営みを観察することを読者は求められる。何という退屈のチャンスがここにはあることか!」と書いているのを読むと、『エミリー・チェスター』はジェイムズにとってやはり「手練れの作家」でない女性作家クレインが書いた「退屈な作品」だったに違いないと思えてくる。

さらに、三人の主要登場人物について語り始めたジェイムズは、エミリーという人物を描くに当たって、クレインが「完全な女性の創造を目指している」にもかかわらず、「単なる影」のような人物になってしまっている原因を「著者の構想における明確さの欠如」に求め、エミリーの夫マックスや恋人のフレデリックについても、「二人とも欠陥のある人物、同じように不完全で実体がない」と評している。特に「醜くて、裕福で、中年」のマックスについては、「近年、女性小説家たちに大変な人気を博しているタイプの男性の繰り返し」、「女性小説家たちが半ば自分自身の気まぐれな空想力から、半ばほかの女性小説家たちの気まぐれな空想力から作り上げるあの度し難いヒーローの一人」とジェイムズは評している。

『エミリー・チェスター』は匿名で発表されていて、作者が男性か女性か定かでないにもかかわらず、そう書き立てるジェイムズの口調には、女性小説家たちに対する彼の露骨な反発あるいは嫌悪を聞きつけることができるのではあるまいか。アルフレッド・ハベガーも「アメリカ女性作家に対する彼の書評は、上からの目線から激怒にまで及ぶ語調を帯びていた」(Habegger 9)と評していることを指摘しておこう。

『エミリー・チェスター』のほかに長編小説『機会』(*Opportunity*, 1867)と『レジナルド・アーチャー』(*Reginald Archer*, 1871)を発表したクレインは、一八六九年にオーガスタス・シーミュラーと結婚して夫の姓を名乗ることになるが、病気療養のために滞在していたドイツのシュトゥットガルトで一八七二年一二月一〇日に客死する。彼女の長編第二作『機会』も雑誌『ネイション』(一八六七年一二月五日)で書評したジェイムズは、クレインの死に際して一八七三年一月三〇日付の同誌に彼女の死者略伝《オビチュアリー》まで寄稿しているが、それは女性作家に対するジェイムズの「批判的で冷笑的」な姿勢を示す文章として注目に値する。なお、この記事は本来は無署名だったが、ジェイムズが筆者だったことを二〇一七年に発表した論文でシーラ・ライミングが状況証拠から突き止めている（Liming 95-96）。

　わずか三三行の短い死者略伝におけるジェイムズは「ミス・クレインの最初の作品」をもっぱら話題にしていて、「それは今や多くの人々に好意的に記憶されることはないだろう。その成功は現実には束の間の成功だったのであり、それが作者にもたらした名声は短命だったからだ」とか、「『エミリー・チェスター』のいささか不適切なプロットはまったく重要でない問題だった」とかいった表現が並んでいる。この「比類ないまでに意地悪な死亡通知」は「クレインが死んでしまったので、彼女の不道徳な影響力が及ばなくなるという希望」を表明していると考えるアルフレッド・ハベガーは「略伝執筆者の希望はかなえられた。クレインの小説は絶版となり、間もなく彼女は文学的記録から姿を消した」（Habegger 102）と述べている。

　『ヘンリー・ジェイムズと「女性問題」』の著者ハベガーは、『ある婦人の肖像』のイザベル・アーチャーはシーミュラーの長編第三作『レジナルド・アーチャー』の女性主人公クリスティ・アーチャーに触発された人物であると主張しているが、初期の代表作を一〇年後の一八八一年に発表することになるジェイムズにしてみれば、『エミリー・チェスター』の著者の名前が読者の記憶から抹消されることが何よりも重要だったに違いない。シーミュラーの作品からジェイムズが借用している事実を「シーミュラーの小説を盗用して書き換えるという、彼のいささかリスキーな大仕事」と呼ぶハベガーは、この「ショッキングなまでに悪意のある死亡通知」の匿名の筆者にとって、「彼女の心臓に公の場で杭を打ち込むことは必要不可欠なことだった。この小説家が二度と生き返らないことは絶対に必要だった」（Habegger 125）と述べている。

だが、この「ショッキングなまでに悪意のある死亡通知」で見落とすことができないのは、ジェイムズが『エミリー・チェスター』を「執筆時には、せいぜいで女子生徒（a school-girl）にすぎなかった作者の作品」と呼んでいる事実だ。それは『アザリアン』や『気まぐれ』の場合と同じように、ここでもまたジェイムズが二六歳のクレインを無知で幼稚な「女の子」と同一視することによって、彼女の「幼児化」を図っていたことを物語っている。書評家としてであれ、死者略伝執筆者としてであれ、ジェイムズは女性小説家たちを無知な少女とみなし、常に上から目線で眺めていたのだ。

ジェイムズが気鋭の書評家として活躍していた時期から長い歳月が流れ、彼の死の二年前の一九一四年五月四日、ロンドンのロイヤル・アカデミーに展示されていたアメリカの著名な肖像画家ジョン・シンガー・サージェントの手になるジェイムズの古希祝いの肖像画が女性参政権論者のメアリー・ウッドという女性に襲われ、肉切り包丁で三回切りつけられるという事件が起こる。事件から一〇〇年後の二〇一四年六月に『インディペンデント』紙に寄稿した文章で、イギリスの美術評論家ゾーイ・ピルジャーはそれを「二四五年に及ぶロイヤル・アカデ

ジョン・シンガー・サージェントの描いたヘンリー・ジェイムズ（1913年）

ミーの夏季展覧会の歴史のなかで最も興味深い事件」と呼んでいるが、「だが、なぜウッドはジェイムズの肖像画を襲ったのか」という疑問に答える形で、「その肖像画は男性が支配する芸術家のエリート集団、偉大な男性芸術家による偉大な男性小説家の神格化を象徴していた」というロイヤル・アカデミーを専門に研究するヘレナ・ボネットの見解を紹介している（Pilger n.p.）。

投票する権利を男性に奪われていた女性参政権論者たちと、表現する権利を男性に阻まれていた女性芸術家たち。本書の第一章で女性芸術家に沈黙を強いていたジェイムズ（的人物）も、第二章で女性芸術家たちを幼児化していた書評家としてのジェイムズも、女性芸術家たちの前に立ちはだかる「男性が支配する芸術家のエリート集団」の一人だったのだ。イギリス女性参政権論者メアリー・ウッドは、生前、ジェイムズに批判され、否定されたアメリカの女性芸術家たちに成り代わって、古希を迎え、「神格化」された巨匠に復讐を試みたのではないか、と考える読者がいるとしても不思議ではない。それはともかく、メアリー・ウッドによる破壊行為は、若き日のジェイムズが男性の価値基準を女性に押し付ける一九世紀末アメリカのアンドロセントリズムと深く関わっていたという事実を、二〇世紀から逆照射していると考えることができるだろう。

第三章

ジェイムズとエデルとフェミニスト批評家たち

1　ある女性小説家の肖像

一八八六年に『ハーパーズ・ウィークリー』の依頼で親しい友人のウィリアム・ディーン・ハウエルズ論（六月一九日号掲載）と画家でイラストレーターのエドウイン・A・アビー論（一二月四日号掲載）を立て続けに発表したヘンリー・ジェイムズは、翌一八八七年には同誌の二月一二日号に「ミス・コンスタンス・フェニモア・ウルスン」（“Miss Constance Fenimore Woolson”）と題する一文を寄稿している。身近な存在であると同時に一八八〇年出版の長編第一作『アン』や前年に刊行されたばかりの長編小説『イースト・エンジェルズ』の作者として世評の高い女性小説家の肖像を、ジェイムズは一体どのように描いているのだろうか。

ウルスンの代表作
『アン』の表紙

この評論の冒頭で、昨今では、女性の就職や進学をめぐって、かまびすしい議論がなされているが、「人間社会の非常に重要な部門」である文学の領域においては、女性の長年の念願がすでに達成され、「女性が男性の不寛容を訴える根拠――かつては極めて本質的だった根拠」が失われているにもかかわらず、この事実に「奇妙なまでにわずかな注意しか払われていない」とジェイムズは書き記している。「現今のアメリカやイギリスにおいては、それはもはや文学の世界に女性を認めるかどうかの問題ではない。女性はそこに大挙して存在する。女性は様々な栄誉を与えられ、男性と全く対等の立場で認められている。少なくとも、アメリカにおいては、女性は女性自体で文学の世界になっている、と叫びたい衝動に時として駆られる」とまで彼は告白している。

つぎに、フランスの文学的状況に目を転じたジェイムズは、マダム・ド・セヴィニエ、マダム・ド・スタール、マダム・サンドといった「三人の第一級の女性文学者」が輩出した国であるにもかかわらず、「文学運動の縮図」ともいうべき『両世界評論《レヴュー・デ・ドゥ・モンド》』の目次に「女性寄稿者の名前を見つけることは滅多にない」と指摘する一方で、アメリカやイギリスの定期刊行物の表紙は話が全く違っていて、そこには「名声の梯子」を駆け上がろうとする女性たちの名前が「混み合ったイブニング・パーティの会場の階段」さながら目白押しに並んでいる、と述べている。この発言から、ジェイムズは同時代の女性文学者たちにエールを送っていると思い込む読者がいるとしても不思議ではない。

だが、このウルスン論から数か月後、『創作ノート』の一八八七年一一月一七日の記事に、ジェイムズは「書き散らしたり、出版したりする、無分別で、新聞ずれしたアメリカの少女」(the scribbling, publishing, indiscreet, newspaperized girl)に言及し(その口調は「忌々しい物書きの女ども」(a damned mob of scribbling women)と毒づいていたナサニエル・ホーソーンを連想させる)、「自己顕示欲」(mania for publicity)を「現代の最も顕著な兆候の一つ」と呼んでいる(*Notebooks* 40)。そうした発言はもちろんだが、第二章で明らかにしたように、幼児化によって女性作家を「少女」のレベルに引き下げ、上から目線で批判するのが、書評家ジェイムズの常套手段だったことを思い出すなら、文学する女性たちに対して彼が好感を抱いていたとはとても考えられない。「その穏やかな口調にもかかわらず、女性たちがパーティ会場に留まり続け、名声の梯子から蹴落としたも同然の男性たちに定期刊行物を委ねることが望ましいとジェイムズが思っているだろうことは明白だ」（Weimer 207）とは、フェミニスト批評家ジョウン・マイヤーズ・ワイマー（Joan Myers Weimer）の指摘だった。

そうした自己顕示欲の強い女性作家たちの対極に、ジェイムズはウルスンを位置づける。ジェイムズはウルスンの作品に見出した特質を「例外的かつ本質的に保守的な精神」と名づけて激賞し、この精神のゆえに彼女は「女性の運命のなかに状況を複雑にするような新しい要素を導入すること」に反対する、と説いている。「原始時代においてさえも、女性が所有していることが認められていた鋭敏な意識によって、女性の運命が十分に複雑になっていた、とミス・ウルスンが考えていることは明らかだ」とジェイムズは主張し、「女性を権力闘争のさなかに投げ込むような革命」に対する支持を「保守的な精神」の持ち主であるウルスンが表明することはないだろう、と断言している。そのウルスンが本を書き続け、「文学的月桂冠を得ようと競っている」とすれば、それは創作活動に「男女両性を駆り立てる風潮が強い」からにほかならない、ともジェイムズは論じている。この評論の結末においても、ウルスンの作品は「すべて私が最初に言及した特質――作者の保守的な感情という特質、彼女にとって、女性の人生は本質的に個人的な関係の問題であるという含意を備えている」とジェイムスは述べて、彼女の「保守的な精神」を改めて強調している。

この一八八七年に発表されたエッセイ「ミス・コンスタンス・フェニモア・ウルスン」を、ジェイムズはモーパッサンやツルゲーネフ、ジョージ・エリオットやロバート・ルイス・スティーヴンスンなどを論じた翌一八八八年出版の評論集『片影』(*Partial Portraits*)に転載しているが、題名を「ミス・ウルスン」に変更しているだけでなく、ウルスンの伝記的事実に関する部分を削除し、代表作『イースト・エンジェルズ』の「欠陥」を指摘するパラグラフを新しく書き加えている。

この作品の「欠陥」はいわゆる「恋物語」(the love-story)に重点が置かれすぎていることにほかならない、と考えるジェイムズは、「人間世界の片隅の描写において、『イースト・エンジェルズ』が生み出している特別な効果、かつて私たちが恋物語と呼んでいたものの効果が支配的な効果であるという点は、男性作家のそれとは峻別される女性作家の特徴だ」と言い切り、「男性作家による小説には、ほかの事柄が多かれ少なかれ存在する。それゆえ、問題になっている部類に正確に属する作品を発表したといわれる男性作家がこれまでにいたかどうか疑わしいと私は思う。男性作家の小説には、単調この上ない作品の場合でも、やはりほかの事柄に言及されたり、ほかの説明がなされたりする。女性作家の小説には、私が話題にしている範疇に属する作品の場合、それ以外には何もない」と説明している。ウルスンにとって、「女性の人生は本質的に個人的な関係の問題である」とジェイムスは述べていたが、ここで言及されている個人的な関係(private relations)の問題は恋愛関係の問題の言い換えにすぎなかったことを読者はやっと理解することができるのだ。

だが、ジェイムズが指摘しているように、「恋物語」の強調が「男性作家のそれとは峻別される女性作家の特徴」だとしても、それを一方的に『イースト・エンジェルズ』の「欠陥」と決めつけるのは、いつものことながら女性作家を上から目線で批判する男性作家ジェイムズの独断と偏見にほかならないだろう。だが、このようないささか過剰な反応をウルスンの代表作に対してジェイムズが示した背景には、『ある婦人の肖像』などの彼自身の作品に関してウルスンから執拗に質問されていたという事情が働いていたからではないだろうか。

ウルスンがジェイムズに宛てて書いた手紙は僅か四通しか残っていないが、一八八二年二月一二日付の長い手紙で『ある婦人の肖像』の読後評を書き記したウルスンは「イザベルが本当にオズモンドを愛していたかどうか、あなたは明確に示してくれていません。彼女はタチェット夫人にはウォーバートン卿を愛していないと話していますが、ギルバート・オズモンドを愛しているとは（私の記憶が正しければ）夫人にも誰にも話していません」と書き、翌一八八三年五月二四日付の手紙では「誰かを心から愛している男性をあなたは何人か描いています。今度は誰かを愛している女性を私たちに見せてください。［中略］一度だけでも、そうしてくださるようにお願いします。あなたにはできます。できることを示してきました。あなたはほかのすべてができますから、今度はそれをしてください。そして、あなたにはできないと言っている者たちを黙らせてください——あなたはそうすることを選ばなかったというだけのことですから。最後になりましたが、私をお許しください——私が申しあげたことがあなたのお気に障ったとしたら」と綴っている。

このウルスンの手紙を読んで、登場人物が愛の言葉を口にしていたかどうかに関して女性作家が執拗に繰り返す質問と依頼にうんざりしたジェイムズは、彼女に直接返事を書く代わりに、新しいパラグラフを『ハーパーズ・ウィークリー』版の評論に書き加えて、「恋愛は男性にとってとりわけ重要なテーマではなかったが、女性はそれ以外の事柄を書くことができないように思われた」(Rioux 220) という意見をウルスンに伝えることにしたのかもしれない。だが、男女の恋愛に焦点を絞っているという理由で、『イースト・エンジェルズ』を「欠陥」作品と決めつけるのは独断の誹りを免れないだろうし、「男性作家のそれとは峻別される女性作家の特徴」というのは、アンドロセントリストとしてのジェイムズならではの差別発言であることは指摘するまでもあるまい。

『イースト・エンジェルズ』は「その背景としてのフロリダ、登場人物や社会的な関係の分析にかなりの注意」を払っているので、恋愛以外はほとんど何も扱っていないというのは「不当な評価」と考えるアン・ボイド・リューは、「恋物語は彼女の小説群の唯一のテーマではない」(Rioux 221) とジェイムズに反論している。リューはまたウルスン自身も彼に対して密かにリベンジを試みていたとして、「［アンドルー・］ラングや［オースティーン・］ビレルのような男性の批評家の場合、恋物語を評価したり好んだりすることは絶対にない。［中略］しかし、この紳士方にもかかわらず、読者大衆の十人中九人までが恋物語だけを好むという事実に変わりはない」(Benedict 102-103) という記事を彼女の「創作ノート」から引用している。だが、かりにこの一文がジェイムズの目に触れることがあったとしても、女性作家の世迷い言として歯牙にもかけなかっただろうことは想像に難くない。

ここまで読んできた読者は、ヘンリー・ジェイムズによるウルスン論は彼女自身にとって一体どのような意味を持っていたのかという疑問を抱くに違いない。「本当の裏切り（real betrayal）は省略されている部分にある」と考えるリンドール・ゴードンは、「評論『ミス・ウルスン』は気のない誉め言葉で対象を貶し、彼女の最高の成果である、芸術家を扱った短編群に一切言及していない」点に注目して、「このそっけない態度はそれらの短編が（人は親切心からそうは言わないけれども）取るに足らない作品であることを暗示している。この影響力ある誤読がウルスンの将来における抹殺を確実なものとした」（Gordon 234）と断じている。他方、この評論の『片影』版で「ジェイムズは男性と同じ基準で書くことが本質的にできないだけの女性作家としてウルスンを描いている」と主張するアン・ボイド・リューは、それを「彼の友人に対する本当の裏切り」（the real betrayal of his friend）とゴードンと同じ表現を使って形容し、ジェイムズは「穏やかな評言の下に、文学的野心を持って行動する女性たちに対する根深い嫌悪が潜んでいる、という［短編「コリンヌの城館にて」における］ウルスンの予言を実現した」（Rioux 219-20）と論じている。

『ヘンリー・ジェイムズ――成熟期の巨匠』の著者シェルドン・ノヴィックが短編「コリンヌの城館にて」をジェイムズへの「デリケートな賛辞」と呼んでいることは、本書の第一章で紹介しておいたが、その賛辞への返礼として書かれたと彼が考える評論「ミス・ウルスン」についても、ノヴィックは「ジェイムズは彼女の作品を彼女の性別という観点からではなく、単に新しいリアリズムへの貢献として評していた」（Novick 102）と主張している。だが、このノヴィックの発言に真っ向から対立する形で、ゴードンもリューもともに、女性小説家ウルスンに対するジェイムズのジェンダーに基づく偏見を彼の評論に読み取っている、と言い切ってよいだろう。

読者としては、第一章に登場していたジェイムズ的人物や第二章で女性作家たちを酷評していた書評家ジェイムズだけでなく、この評論で長年の友人ウルスンを論じているジェイムズもまた、一九世紀末のアメリカ社会における男性中心主義者たちと全く同じ顔を見せているという事実に驚くと同時に、アメリカ文化を汚染していたアンドロセントリズムの根深さに息を呑む思いを抱くことになるに違いない。

2　「狂気の物語」の作者

評論「ミス・コンスタンス・フェニモア・ウルスン」が『ハーパーズ・ウイークリー』に掲載されてから程ない一八八七年の早春、ヴェネツィアで黄疸に罹ったヘンリー・ジェイムズは、ウルスンの別荘の階下の部屋に転がり込み、そこに六週間も滞在して療養することになる。二人の一種の共同生活は、ジェイムズが妹アリスの求めに応じてロンドンに帰った五月の半ばに終止符が打たれるが、お互いを「ハリー」「コニー」と愛称で呼び合うような親密な関係になっていた、と伝記作家アン・ボイド・リューは伝えている（Rioux 217）。

帰国後のジェイムズは、すでに見たように、翌年五月に評論「ミス・ウルスン」を収めた単行本『片影』を出版しているが、それからわずか六年後、一八九四年一月二四日にウルスンが急逝したという知らせを受け取ったのだった。身近な女性の突然の死をジェイムズは一体どのように受け止め、どのように読み解いていたのだろうか。ウルスンの訃報に接した直後から、彼が友人知己に宛てて頻繁に書き送った手紙から探ってみたい。

ウルスンの死から二日後の一月二六日に、著名な医師で親交のあったウィリアム・ウイルバーフォース・ボールドウィン（William Wilberforce Baldwin, 1850-1910）に宛てた手紙で、ウルスンの妹のベネディクト夫人からヴェネツィアへ行って欲しいという電報を受け取って、準備に取り掛かっているところだが、「とても奇妙で悲しい出来事」について知っていることを教えてくれないか、とジェイムズは書き送っているが、そこには「ショックと不安」「恐ろしい驚きと不安」といった言葉が並んでいる。ウルスンの死が自殺によるものだったことを未だ知らないジェイムズは、「ミス・ウルスンが病気だったことさえ知らなかった」が、インフルエンザに罹って肺炎を併発したのだろうか、と問いかけ、ウルスン自身については、「一人ぼっちで、生まれながらに悲劇的なかわいそうな人！　彼女は私がこれまでに出会った本質的に最も悲しい、最も幸福でない人間の一人だった。［中略］私は彼女に深い愛着を抱き、彼女の友情を心から大切にしていた」と記し、「彼女は死に対する恐怖も嫌悪も抱いていなかった――というか、死に対する欲求、さらには熱望さえも抱いていた。それに無限の勇気とある種の忍耐力も。永遠の平穏が彼女に訪れんことを！」と願っている。

作家で友人のローダ・ブロートン（Rhoda Broughton, 1840-1920）に宛てた一月二八日付の手紙で「私の古くからの親しい友人ミス・ウルスンの死」の知らせに「惨めなまでに動揺している」ことを認め、「この出来事のすべては言葉にならないほどに悲劇的」と書いたジェイムズは、友人で後に国務長官を務めることになるジョン・ヘイ（John Hay, 1838-1905）に宛てた同日付の手紙で、知人が届けてくれたヴェネツィアの新聞記事の切り抜きで、ウルスンの死が自殺だったという「最初のショッキングな情報」を手に入れたとき、「恐ろしさと悔しさで小生は完全に壊れてしまった」ために、「小生の陰鬱な［葬儀の行われるローマへの］旅は不可能になった」が、「ミス・ウルスンは小生のとても大切な親友であり、何年もの間ずっとそうだったので、彼女の悲劇的な最期のすべての状況に非常に近しく関わっているのを感じる」（"I feel an intense nearness of participation in every circumstance of her tragic end"）と告白している。その後、「この残酷な短い悲劇」に再び触れたジェイムズは、「一時的な神経の錯乱にまで追い詰められた悲惨な不眠症」に言及しながら、「だが、何と孤独な、助けてくれる人もいない苦しみの光景であることか！　恐ろしすぎて考えることもできない！」と綴っている。

翌一月二九日にローダ・ブロートンに宛てた手紙で、「ミス・ウルスンの死という悲劇」は「潜在的な脳疾患の突然の発作か何かという仮説でしか説明できない。だが、それは言葉にならないほどに悲しくて哀れだ」と記したジェイムズは、親交のあった作曲家のフランシス・ブーツ（Francis Boott, 1813-1904）に宛てた同月三一日付の手紙でも「この度の事件は突然の精神異常（sudden dementia）という仮説を絶対に要求していて、その他のいかなる仮説も受け付けないように私には思われる」と主張し、「慢性的なメランコリーの哀れな犠牲者」（pitiful victim of chronic melancholy）としてのウルスンについて、「彼女は全面的に正気でなかった――決してそうでなかった」と繰り返している。

さらに、前出のボールドウィンに宛てた二月二日付の手紙でも、「二、三日前、彼女は積極的かつ全面的に正気でなかった、と暗く悲しい気持ちで決断した」と記したジェイムズは、「彼女は極度に病的で、悲劇的なまでに過敏だった。言い換えれば、彼女は慢性的なメランコリアの犠牲者（the victim of chronic melancholia）だった」と医師のボールドウィンを相手に言い切り、「貴兄を呼びに行かせないというミス・ウルスンの明らかな決断は、小生には正気でないように思われる——正常な精神状態であれば小生の手紙に必ず返事をくれる彼女が、何も言ってこなかったということと同様に。病的な頑固さで彼女はわれわれ二人を無知な状態にしておいたのだ」と付け加えている。ジェイムズはまた友人のキャサリン・ド・ケイ・ブロンソン（Katherine De Kay Bronson, 1834-1901）に宛てた同日付の手紙でも、ウルスンは「知性と共感にあふれた、この上なく優しく穏やかな女性」だったが、「彼女は病的なメランコリアの犠牲者（a victim to morbid melancholia）だった」ので、彼女の自殺は「明確で、責任を問えない、譫妄性の狂気による行為だったと確信している」と述べると同時に、「彼女の死を巡るこの外部の戦慄と騒動《キアッソ》は、彼女にとって最も異質な出来事、彼女に関して最も想像できない出来事だった——それゆえ、私にとっては、彼女が何か激しい脳障害を受けたことを示す決定的な出来事だった」と打ち明けている。

ウルスンの死から二か月後の三月二四日に兄ウィリアム・ジェイムズ（William James, 1842-1910）に宛てた手紙で、ウィリアムが抱いていたウルスンの「快活さ」という印象に触れたジェイムズは、それはあくまでも「純粋に表面的な現れ」、世間的なジェスチャーであって、実際の彼女は極度の難聴のために自分の殻に閉じこもっていた、と説明し、その難聴が「彼女の悲劇的なまでに良心的な礼儀正しさ」と結びついて、「実際は極めて機械的で、人生に対する彼女の一般的な考え方や内面的なメランコリーを完全に隠蔽するような快活な様子」を見せることになった、と述べたついでに、何年か前に彼女が自殺を図ったことがあったということを打ち明けている。さらに、ウルスンが自死を選んだことに関して、ジェイムスは「彼女の死にざまは高熱による譫妄によって決まったのだが、この譫妄はある明白な素因——本質的に悲劇的で、潜在的に精神異常的な生きづらさから生じた素因に働きかけたのだった」と自説を披露している。

だが、「コンスタンス・フェニモア・ウルスンは死の直前まで完全に理性的だった」と推理するリンドール・ゴードンは、「狂気の衝動という物語は大部分がヘンリー・ジェイムズの創作だった」（Gordon 301）と主張している。ウルスンの死後、ジェイムズが誰彼の区別なく書き送った手紙がまき散らしたのは「狂気の物語」だった、とするゴードンは、「すべての手紙における目的は同じで、そのすべてに精神異常（*dementia*）という診断を刻み込むことだった。そこに暗号化されているメッセージは明白で、誰一人として、最も親しい友人でさえも、この死を妨げることができなかっただろう、というメッセージだ」（Gordon 304-305 強調原文）と論じている。

「フェニモア［・ウルスン］の不幸に何らかの形で関与していたことを認めることができないまま、ジェイムスは彼女の不可解な死を私的な芸術作品に変容させる仕事に早速取り掛かった」と考えるパトリシア・オートゥールは、その作品の「語り手」は「彼が語っている一連の不幸な出来事において何らかの役割を果たしていたかもしれないということを思ってもいないようだった」（O'Toole 1990: 271-72）と述べている。アン・ボイド・リューもまた「彼女［ウルスン］の秘めたる苦痛を理解していることを認めようとしないで、ジェイムズは突然の精神不安定の証拠を探していた」と指摘し、「ジェイムズは責任を逃れようとしていた」(Rioux 310-11) と断じている。

どうやらジェイムズは「慢性的なメランコリーの哀れな犠牲者」(これに類似した表現は三回使われている) という決め台詞を思いついた瞬間から、ウルスンの死から四日後の一月二八日にジョン・ヘイに宛てた手紙で「彼女の悲劇的な最期のすべての状況に非常に近しく関わっているのを感じる」と書いていたことを忘れ果てて、責任逃れをすることばかりを考えていたらしい。だが、ジェイムズがすでに自殺を遂げているウルスンを主人公とした「狂気の物語」を創作した背景には、それとは別の意図が隠されているように思われてならないのだ。

これまでにもしばしば繰り返してきたように、ジェイムズは女性作家たちに対して悪名高いまでに「批判的で冷笑的」だった。本書の第一章でウルスンの短編「ヒヤシンス通り」や「コリンヌの城館にて」に登場していたジェイムズ的人物は、創作活動を放棄した「真の女性」として家庭という狭い空間に閉じ籠ることを女性芸術家たちに要求していた。第二章で書評家として毒舌をふるったジェイムズは、女性小説家たちを「女の子」と規定し、幼児化された彼女たちを上から目線で批判攻撃していた。いずれの場合にも、アン・ボイド・リューの言葉を借りれば、それは「芸術家の死」を意味していたのだった。

たしかに、ウルスンの死後に書いた一連の手紙におけるジェイムズは、彼女が「自由で、自立していて、成功していた――作家として非常に成功していた」(ブロンソンに宛てた二月二日付の手紙) ことを認めてはいる。だが、「突然の精神異常」を経験し、「慢性的なメランコリーの哀れな犠牲者」と化した作家は、いくら「作家として非常に成功していた」としても、もはや「作家」とは呼べないのではないか。「真の女性」や「女の子」に変身させることによって女性芸術家たちを葬り去ろうとしたと同じように、自死を選んだウルスンを「狂女」に仕立て上げることによって、彼女の存在そのものを否定し、彼女の名前を読者の記憶から消し去ることをジェイムズは目論んでいたのではないか。「狂気は家父長制社会によって女性を抑圧するための道具として使われることができる」（Brandner 2）のであれば、「大切な親友」だったウルスンを主人公とした「狂気の物語」をジェイムズが書いたという事実は、彼が一九世紀末アメリカの家父長制社会におけるアンドロセントリズムと深く関わっていたという本書のこれまでの主張を再確認することにならざるを得ないのだ。

3　レオン・エデルのウルスン論

改めて書き立てるまでもなく、ヘンリー・ジェイムズ研究において、編集者あるいは伝記作家としてのレオン・エデル（Leon Edel, 1907-1997）は非常に大きな役割を果たしている。とりわけ二〇年の歳月をかけて完成した五巻本の伝記『ヘンリー・ジェイムズ』は、ピュリッツァー賞や全米図書賞などを受けた大作だが、当然のことながら、それまで本格的な伝記のなかったウルスンにかなりの紙幅が割かれていて、伝記作家エデルが「一九六〇年代に彼女を一般の読者層に再紹介した」（Rioux 323）ことをアン・ボイド・リューは認めている。

だが、問題はエデルがどのようにウルスンを評価し、どのように「再紹介」したかでなければならない。

アン・ボイド・リューはエデルが彼女を地方色文学の書き手として過小評価している点に注目して、「エデルによる軽視がフェミニストの研究者たちの少数ながらも有力なグループによる擁護を誘発することになった」(Rioux 324) と述べ、ジェラルディーン・マーフィーも「一九八〇年代の後半以降、ウルスン研究者たちはウルスン、彼女の作品、彼女とジェイムズとの関係などに対するエデルの解釈に挑戦し続けている」(Murphy 234) と指摘している。

ジェイムズ研究の大家レオン・エデルの権威に抗うフェミニスト批評家たちは、一体どのように女性小説家ウルスンを読み解き、どのような形で異議申し立てをおこなっていたのだろうか。

一九八八年に発表した論文「ジェンダーの伝統――コンスタンス・フェニモア・ウルスンとヘンリー・ジェイムズ」を、翌年出版の著書『コンスタンス・フェニモア・ウルスン――芸術的才能の悲哀』の第一章として再録したシェリル・B・トースニーは、評論「ミス・ウルスン」をジェイムズがモーパッサン、ツルゲーネフ、エマソンなど一流文学者を扱った論文集『片影』に収めた理由をレオン・エデルが合理的に説明できなかったのは、「ミス・ウルスンは全般的にかなり散文的で新鮮味に欠けていて、文学の女職人(a journeywoman of letters)だった」とか、「彼女は〈地方色〉の熱烈な愛好家である」(Edel 203) とかいった考えに囚われていたからだった、と最初に切り捨てている (Torsney 1989: 9-10)。

ジェイムズに宛てたウルスンの手紙が四通しか残っていないことはすでに触れたが、この四通の手紙の口調は「何よりも絶望と哀れを誘う孤独の口調――年下の男性に取り入ろうとしている中年女のそれだ」(Edel 87) とエデルが主張し (実際の年齢差はわずか四歳なのに)、手紙のなかのウルスンは「捨てられた女」（Edel 88）を演じているとも語っている点に注目したトースニーは、「彼［エデル］が描いているのは、文壇の大御所をじりじりと追い上げて当惑させている、もはや若手とはいえない、自暴自棄になった、恋に悩む女流作家（she-novelist）の肖像だ。捨てられた女というステレオタイプに寄りかかることで、エデルはみずからの偏見（bias）を暴露している」（Torsney 1989: 12）と指摘している。

なお、一九八八年発表の論文におけるトースニーは、この指摘に「エデルはさらに対象者たちの名前の選択にも家父長制的視点（patriarchal perspective）を露わにしている。彼は時たまヘンリーとコンスタンスのようにファーストネームをペアにしているが、『ジェイムズとミス・ウルスン』や『ジェイムズとフェニモア』のようなほかの組み合わせは、フェミニストの立場からは目立って見える」（Torsney 1988: 169. n14）という註を付けている。この発言から判断して、エデルが暴露しているとされる“bias”に“patriarchal”あるいは“androcentric”といった形容詞を付ければ、論者の意図が一層明確になっただけでなく、伝記作家レオン・エデルが対象者としての小説家ヘンリー・ジェイムズと同じようにアメリカ社会の家父長制を支持するアンドロセントリストだったという事実を浮き彫りにすることになっただろうと思われる。

トースニーの著書から三年後の一九九二年に発表された論文「『感嘆している叔母』と『池の誇り高いサケ』――コンスタンス・フェニモア・ウルスンのヘンリー・ジェイムズとの格闘」で、ジョウン・マイヤーズ・ワイマーもまたウルスンに対する評価の変化を論じるに当たって、「伝記作家レオン・エデルによって一層大きくされたジェイムズの巨大な影は、彼女の失墜と深く関わっている」（Weimer 205）と指摘しているが、ウルスンの伝記作家アン・ボイド・リューも「巨匠が彼女の上に長い影を投げかけている」

(Rioux 323)と述べていることを付記しておこう。

ウルスンの五冊の中長編小説と四冊の短編集は彼女が「アメリカン・リアリズムにおける抜群の文章家で重要な革新者」であることを示しているが、「エデルの影響力の強いジェイムズの伝記」は彼女の著作を「散文的で新鮮味に欠けている……文体がなくて、極度に直写的」、「ゆとりとより豊かな言語的想像力を欠いている」(Edel 203)という理由で退けている、とワイマーは指摘している。エデルはまた「彼女［ウルスン］とジェイムズの関係を誤り伝えている」と考えるワイマーによると、エデルが読者の前に指し示しているのは、ウルスンの心酔ぶりに感謝しながらも、彼が「中年の独身女」と呼ぶ女性の要求をはぐらかしている「年下の男性」ジェイムズに取り入ろうと必死になっているウルスンにほかならない(Edel 87)。「現実はそれほどステレオタイプ的でないし、もっと複雑だ」(Weimer 205)とコメントするワイマーもまた、やはりステレオタイプという単語を使っていたトースニーと同じように、エデルのアンドロセントリックな偏見に気づいていたに違いない。

一九九五年に出版されたウルスン論の著者で、二〇一二年に刊行されたウルスン書簡集の編者でもあるシャロン・L・ディーン(Sharon L. Dean)は、「ヘンリー・ジェイムズの伝記において、レオン・エデルはウルスンやウルスンとジェイムズの関係性を由々しいまでに誤り伝えているが、そのように誤り伝えたことでシェリル・トースニーとジョウン・ワイマーの二人から厳しく批判されている」ことを認めたうえで、「この関係はもう一度見直すに値する。ウルスンが彼女のホームレスという感覚と、彼女が文学上のホームを発見するのに力を貸してくれた知性的で芸術的な［ジェイムズの］友情とをどのように結びつけたかを知るための手助けになるからだ」(Dean 82) と述べて、独自の立場からエデル批判を展開しているので、そこで指摘されている具体例のいくつかを紹介しておこう。

まず、「ウルスンとジェイムズは相互理解に基づく友情を育んでいたにもかかわらず、この関係に関するエデルの見解には女性を見下すような彼自身の態度が投影されている」と考えるディーンは、エデルがウルスンを呼ぶのに軽蔑的な “authoress” という言葉を使うことにこだわったり、ジェイムズに会うためにイタリアからロンドンに向かう船のなかで短編集のための作品を「落ち着きすまして準備している」彼女を描いたりしているが、「ウルスンの落ち着いた様子に対するエデルのコメントは、彼女が生まれつき孤独で塞ぎ気味だったという彼のより正確な見解と矛盾している」(Dean 82) と述べている。

さらに、確たる証拠もないのに、ウルスンは「ジェイムズの作品を精読した結果、彼に半ば恋したような状態でヨーロッパへやって来た」とか、「結婚する気のない男性に対する望みのない恋に彼女は直面しなければならなかったことをわれわれは知っている」とか、「ヘンリーはフェニモアが彼に期待しているような形で『共同制作する』ことはできなかった」(Edel 318-19) とかいった言説をエデルが弄していることに注目したディーンは、「仮にエデルがウルスンとジェイムズの関係性に関する彼の性格分析《サイコバイオグラフィー》の大部分に対して正当な根拠を発見していたとしても、ウルスンの価値を減じたり、彼女が結婚を願望していたに違いないと想定したりする類いの発言を頻繁に繰り返すことによって、彼はみずからの議論を弱体化させてしまっている」(Dean 82-83) と厳しい判定を下している。

ウルスンとジェイムズの関係を考えるための最良の手がかりは、ウルスンが書いた例の四通の手紙が提供してくれる、とディーンは考えている。だが、この手紙には「相手を侮るようで競争的なチャレンジ」が溢れていることに気づいたレオン・エデルは、「軽蔑された女、嘆願する女を演じている」女性、「好き勝手なことができる身分に対する自己憐憫に満ちている」女性、「捨てられた女」の役柄を演じている女性、ヘンリーの著作を議論したり批評したりしているふりをしながら、「彼は冷たくて、無関心で、女性を――例えばウルスンのような女性がどのように感じているかを理解しないということを」仄めかしている女性（Edel 87-88）を四通の手紙のなかに読み取っている。

他方、「この手紙に対する私自身の読みでは全く異なるイメージが浮かんでくる」と主張するシャロン・ディーンは、「手紙は二人の関係の初期に書かれていて、非常にオープンなので、無関心な誰かを愛している女性を連想させることはない。手紙はいささかながら軽薄で、驚くほどにぶしつけだが、そのような態度は性的な意味でジェイムズを愛していた場合にウルスンが感じたかもしれない類いの苦悩を隠しているようには私には思えない」（Dean 85）と述べて、ウルスンの手紙から「軽蔑された女」や「捨てられた女」を思い浮かべるだけのエデルの読みを真っ向から否定している。

結局のところ、ヘンリー・ジェイムズの伝記で、女性作家ウルスンを一般読者に「再紹介」したレオン・エデルの主張にフェミニスト批評家たちが異議を申し立てたのは、彼のウルスン理解が、トースニーの適切な評言を借用すれば、「型にはまった、男性特有のファンタジー」（Torsney 1989: 15）だったからだ。すでに繰り返し述べてきたように、ヘンリー・ジェイムズは一九世紀末アメリカの家父長制社会におけるアンドロセントリズムと深く関わっていたが、代表的著作である伝記『ヘンリー・ジェイムズ』の随所で家父長制的偏見を暴露しているレオン・エデルもまた、その対象としてのジェイムズと同じように、男性の、男性による、男性のためのアメリカというアンドロセントリックな価値基準を捨てきれなかった伝記作家だった、と結論せざるを得ないだろう。

第四章

女性写真家の誕生

1 ヘンリー・アダムズの妻として

クローヴァー・フーパーがヘンリー・アダムズと結婚したのは一八七二年のことだったが、それ以前からずっと彼女は若き日のヘンリー・ジェイムズの遊び仲間の一人だった。ジェイムズはクローヴァーだけでなく、ジェイムズの従妹で二四歳で病死したミニー・テンプルや法律家のオリヴァー・ウェンデル・ホームズと結婚することになるファニー・ディクスウェルと特に親しくしていた。

この三人の女性たちとジェイムズの交遊について、「この青年期に彼はミニー・テンプル、クローヴァー・フーパー、ファニー・ディクスウェルのような並外れた女性たち、いずれも学び続ける知性を備えた女性たちと付き合った。存在の意味について疑問を抱くミニー、ウイットに富むクローヴァー（「ペチコートをはいた完璧なヴォルテール」とジェイムズは考えていた）、刺繍飾りが芸術作品だった黒い瞳のファニー」とリンドール・ゴードンは説明している（Gordon 77）。「ペチコートをはいた完璧なヴォルテール」（"a perfect Voltaire in petticoats"）というのは友人のグレイス・ノートンに宛てたジェイムズの手紙（一八八〇年九月二〇日付）からの引用だが、彼は兄ウィリアム・ジェイムズに宛てた手紙（一八七〇年三月八日付）ではクローヴァーの「知的な優雅さ」に言及している（Gordon 132）。

クローヴァーが毎日曜日、ボストンで一人暮らしをしている父ロバート・ウィリアム・フーパーに"Dearest Father"（「最愛のお父様」）や"Dear Pater"（「親愛なるお父様」）で始まる手紙を書き送っていたことは広く知られていて、この手紙を彼女は「週に一度の無駄話」（"hebdomadal drivel"）と呼んでいたと伝

クローヴァーの母
エレン・フーパーの肖像画

8歳か9歳頃のクローヴァー

記作者は伝えている（Dykstra xiii）。父親に宛てた一八八二年五月一四日付の手紙で、「君は僕にとって『僕の母国の化身』（"the incarnation of my native land"）に思われる」とヘンリー・ジェイムズが書き送ってきたことに触れた彼女は、それを「とても曖昧模糊な褒め言葉」と呼び、「つまり私は粗野で、退屈で、とても一緒に暮らせないという意味かしら？　我が身可愛さから、もっと穏やかな解釈を探してみるのですが、これが唯一の明白な解釈です。可哀そうなアメリカ！　国籍を放棄した子どもたちから同情も愛情も得られずに、何とか生き延びなければならないのですから。アメリカはうまく切り抜けると私は思います！」と国籍放棄者ジェイムズをちくりと皮肉っている。「ウイットに富むクローヴァー」の面目躍如といったところだろうか。

クローヴァーは父ロバート・フーパー（Robert William Hooper, 1810-1885）と母エレン・フーパー

(Ellen Sturgis Hooper, 1812-1848) の間に生まれるが、五歳のときに母と死別し、姉ネラと兄ネッドとともに医師だった父に育てられる。一二歳になると、ハーヴァード大学教授で博物学者のルイス・アガシーと妻エリザベスが経営する女子生徒のためのアガシー・スクールに姉と一緒に入学し、ビーコン・ヒルの自宅からケンブリッジにあった学校へ毎朝、四〇分かけて通学することになる。アガシー・スクールでは通常の文学、音楽、外国語といった科目のほかに、地理、博物学、生物学、人類学、数学などがカリキュラムに加えられていて、ハーヴァードの教授たちが担当する科目もあったらしい (Dykstra 23)。クローヴァーの同級生にはコンコードの哲人エマソンの長女エレン、奴隷制廃止論者ウェンデル・フィリップスの養女フィービー、建築家ヘンリー・グリーノウの娘ファニー、アガシー夫妻の娘ポーリンなどがいた、とクローヴァーの伝記作者は伝えている (Dykstra 22)。

アガシー・スクールが提供したのは「女の子がボストンで、もしかしたらアメリカ全体で受けることができる最高の教育」(Dykstra 23) だったので、もともと利発な少女だったクローヴァーは、持ち前の才能に磨きをかけて、才気煥発な女性に成長を遂げる。やがてクローヴァーと結婚することになるヘンリー・アダムズが、友人のチャールズ・ミルンズ・ギャスケル (Charles Milnes Gaskell, 1842-1919) に宛てた一八七二年三月二六日付の手紙で、婚約者が "a charming blue" ["blue" は "bluestocking" の略] と呼ばれていることを冗談交じりに告白し、「彼女はドイツ語を読み――さらにラテン語も――その上、ギリシャ語も少し読むのではないだろうか、ほんの少しだけれども」と書き送っていることからも、クローヴァーの才女ぶりをうかがい知ることができるだろう。結婚後のクローヴァーがジョルジュ・サンドの長大な自伝『わが生涯の歴史』（George Sand, *Histoire de Ma Vie*）をフランス語の原文で読破し、ゲーテの『ファウスト』（Goethe, *Faust*）の原典をヘンリーと一緒に音読することがあったなどいうエピソード（Dykstra 124 and xv）は、彼女が語学の才に恵まれていたことを物語っている。

一八七七年一一月、ハーヴァード大学での教職を辞した夫ヘンリーと共に、クローヴァーは首都ワシントンに移り住むが、Hストリート一六〇七番地の自宅は忽ちのうちに社交の場と化し、彼女はウイットとユーモアと歯に衣着せぬ毒舌によって人気を博することになった。その様子はヘンリー・アダムズが匿名で発表した小説『デモクラシー』（*Democracy: An American Novel*, 1880）の女性主人公マドレイン・リーがワシントン社交界にデビューして、瞬く間に衆目を集めるようになるという設定を連想させるだけでなく、ヘンリー・ジェイムズの短編「パンドラ」（"Pandora," 1884）に登場するボニーキャッスル夫妻のモデルがアダムズ夫妻だったことを思い出す読者もいるに違いない。

いずれにせよ、気鋭の歴史家ヘンリー・アダムズと才たけた妻クローヴァーが理想的なホスト、ホステスとして世間の評判を呼んだとしても不思議はない。アダムズ夫妻はどちらも小柄で、ヘンリーは五フィート四インチ（約一六二センチメートル）、クローヴァーは二インチ低い五フィート二インチ（約一五七センチメートル）だったと言われているので（Tehan 44）、外目にはお似合いのカップルに見えたかもしれない。だが、当事者のクローヴァーからすれば、いくら社交界の人気者になったといっても、彼女はあくまでもヘンリーの妻として振舞っているのであって、古めかしい言い方をすれば、内助の功を尽くしているにすぎなかった。当時の（もしかしたら現代の）アンドロセントリックなアメリカ社会においては、クローヴァーは家庭という女性の領域においてしか本領を発揮することができなかったのだが、彼女が演じることを要求されていたのは、ただ単に「ヘンリーの妻」というドメスティックな役割だけではなかったことを見落としてはならない。

ヘンリー・アダムズの伝記作者アーネスト・サミュエルズは、クローヴァーが父親に宛てて書いた一連の手紙のなかに「ほとんど男性的なエネルギー」を読み取り、「ヘンリー・アダムズの面倒を母親のように見ている彼女が、彼が渇望している類いの女性たちによる支配を与えてやっている様子を垣間見るように感じる」(Samuels 1958: 23) と述べている。この発言を踏まえて、「女性は彼［アダムズ］の行動のモデルであると同時に、彼の子どもじみた要求を育む母親でもあった」と考えるジャクソン・リアーズもまた、アダムズにとって「最も強力な母性的人物はマリアン・アダムズだった」と主張し、「慰めを与えるだけでなく、攻撃的で、辛辣なウイットで知られる」マリアンは、ヘンリーの「大母神」(mother-goddess) だった、とまで言い切っている (Lears 268)。

どうやら、ヘンリー・アダムズと結婚したクローヴァーは、ヘンリーの「妻」であっただけでなく、彼の「母」という役割まで押し付けられていたらしい。「妻」であると同時に「母」になったという奇妙な形で、一九世紀末アメリカのドメスティック・イデオロギーに二重に絡み取られていたために、クローヴァー・アダムズという女性は、アンドロセントリズムの支配するアメリカ社会において自己実現のための機会を完全に失っていた、と結論せざるを得ないだろう。「男性との関係において、女性は常に前置詞の位置を占めてきた。女性は男性の上か、下か、前か、後ろか、横にいるとみなされ、〝シドニーの妹〟とか〝ペンブロークの母〟のような完全に相対的な存在であって、万が一にも女性がシドニー自身、ペンブローク自身であることは絶対にない」（Gilman 1911: 20）とは『男性が創った世界』におけるギルマンの指摘だった。クローヴァーがクローヴァー自身であることは絶対になかったのだ。

だが、そのような環境で、ヘンリーの妻／母を演じることを余儀なくされていたにもかかわらず、才能豊かなクローヴァーは女性の領域としての家庭に閉じこもることさえも許されず、歴史家ヘンリー・アダムズの研究助手のような役割までも引き受けさせられていたのだった。アメリカ合衆国第三二代大統領フランクリン・ローズヴェルト（Franklin Delano Roosevelt, 1882-1945）の妻エレノア（Eleanor Roosevelt, 1884-1962）の伝記を書いたブランチ・ウィーゼン・クックは、クローヴァーがアガシー・スクールで教育を受けて、ギリシャ語やラテン語、それにいくつかの近代語に習熟し、「首都ワシントンで最も思慮才気のあるホステスとして知られていた」と述べた後で、「勤勉な調査員、熟練した翻訳者として、彼女は彼の歴史書のために大いに貢献した。だが、彼は彼の妻の仕事を認めることも、公的な形で謝意を伝えることも決してなかった」（Cook 246-47）とヘンリーを厳しく非難している。なお、一見全く無関係に思われるエレノア・ローズヴェルトの伝記作者がここで発言しているのを奇異に思う読者もいるに違いないが、この点に関しては本書の第六章を参照していただきたい。

一八七九年から翌年にかけてアダムズ夫妻はヨーロッパ旅行に出かけているが、ヘンリーの目的は執筆中の『アメリカ史』のための資料収集を各地の公文書館ですることだった。だが、スペインではアーロン・バーの陰謀をめぐる外交文書の入手が困難を極め、ほとんど絶望的になったヘンリーを助けるために、クローヴァーは得意の語学力を生かして八方手を尽くし、彼は無事に所期の目的を果たすことができたのだった。その前後の事情を彼女は父親に出した手紙で詳細に報告しているが、一八七九年一一月九日付の手紙には、グラナダに向かう列車でスペイン人一家と知り合ったクローヴァーは、ヘンリーが逡巡していたにもかかわらず、その一家の主人にスペイン語で話しかけ、セビリアの公文書館の主任記録官に近い立場の人物への紹介状を書いてもらうことに成功したことが書かれている。

同年一一月三〇日付の手紙によると、セルビアでは王室の結婚式のために、官公庁の建物はすべて閉鎖されていたが、仲介の労を取ってくれた「若くて、ハンサムで、好意的な」スペイン人との交渉で、夫妻に残された滞在時間が限られていることなどを縷々説明するのに「私の外交的手腕とスペイン語のすべてを出し切った」クローヴァーは、主任記録官の買収を依頼することにも成功する。その結果、日曜日だったにもかかわらず、公文書館を三時間だけ開館してもらい、その時間内にヘンリーは目的の文書を求めて、膨大な資料を渉猟することが可能になった。その一方で、クローヴァーは公文書館で六五年間記録官を務めたという老人の気をそらすために、息子の田舎の家や孫娘のピアノの上達ぶりなどといった世間話をする羽目になり、「呂律が回らず、口には歯が一本しかない年寄りと三時間も話をするのは一苦労です」と書きながらも、「しかし、とにかく私たちは目的を達し、大満足です」と父ロバート・フーパーに報告している。

このエピソードにおけるクローヴァーは、ブランチ・クックが指摘していたとおりの「勤勉な調査員、熟練した翻訳者」だった。この彼女のスペイン語を駆使した活躍のおかげで、ヘンリー・アダムズはセビリアの公文書館で駐米公使がバーの陰謀に関して本国に送った一八〇七年一月二八日付の書簡を捜し当て、『ワシントンにおけるヘンリー・アダムズ』の著者オーモンド・シーヴェイも指摘しているように（Seavey 264, 344 note3）、それを一〇年以上経ってから出版された主著『トマス・ジェファソン第二次政権下のアメリカ史』の「陰謀の挫折」と題する第一四章の末尾に収めることができたのだった（Adams *History* 838-39）。

だが、そこに引用された書簡には「原稿・スペイン公文書館」（"MSS. Spanish Archives"）と註記されているだけで、クローヴァーの涙ぐましい努力は一切無視されている。このことをブランチ・クックが知ったなら、無理解で鈍感な歴史家アダムズを批判してやまないところだろうが、ここではアダムズ個人の責任を問うよりも、すでに論じた小説家ヘンリー・ジェイムズの場合と同じように、女性を女性の領域に閉じ込め、女性の仕事を無視して顧みない一九世紀末アメリカの家父長制社会におけるアンドロセントリズムと彼が深く関わっていたことを、この事実は示していると考えるべきだろう。科学的歴史家と呼ばれたヘンリー・アダムズさえも、当時のアメリカ社会に蔓延していた誤解と偏見から自由ではなかったのだ。

クローヴァー・アダムズの死から五日後の一二月一一日に、つぎのような記事が『ニューヨーク・デイリー・トリビューン』に載っている――

アダムズ夫人は造詣の深い女性だった。彼女はウイットだけでなく、女性には稀な真のユーモアのセンスを備えていた。彼女にはあらゆるものの滑稽な側面に対する鋭い直観力があった。

様々な人間や方策に関する彼女のコメントは概して公正であり、公正であるがゆえに、そのコメントを加えた彼女がワシントンの社交界の著名な指導者たちが極めて高く評価しているかに思われる人気を獲得することは絶対になかった。彼女は機会があるたびごとに辛辣な言葉を口にしたり、風刺力を発揮したりすることで定評があった。そのせいで彼女の会話は面白く、それに耳を傾けることを人々が楽しんだことは否定できないが、彼女が手放しの賞賛を博することができたような場合にも、それは不信感を生み出すという効果をもたらした。彼女は愛されるよりもむしろ恐れられていた。(qtd. in Seavey 303-304)

この記事のなかにオーモンド・シーヴェイは「女性が発するアイロニーに対する新聞記者の不快感」(Seavey 304) を読み取っているが、そこには記者個人の「不快感」のみならず、ワシントンの社交界、ひいてはアメリカ社会全体が男性に伍して知的な活動をする有能な女性に対して示す「不快感」、『ひれふせ、女たち』の著者ケイト・マンのいわゆる「ミソジニー的敵意」(Manne 68) さえも表明されている、と考えたい。

このような「不信感」や「不快感」に満ちた閉塞状況に置かれていたクローヴァー・アダムズは、一体どのような形で「ヘンリーの妻」でも「ヘンリーの母」でもない、一個の独立した人格を獲得することができたというのだろうか。

2 「美と義務」

クローヴァー・アダムズの人格形成に大きな影響を与えたかもしれないロールモデル的存在は、彼女の母エレン・フーパーだったのではないか。クローヴァーが五歳のときに母と死別したことはすでに触れたが、一八三七年に結婚したロバートの妻であると同時に一男二女の母でもあったエレンは、当時のアメリカ社会が期待する良妻賢母として家庭という女性の領域に留まることに飽き足らなかった。彼女はコンコードの哲人エマソン、新しい女性マーガレット・フラー、その他の超絶主義者たちと親交のある詩人で、しばしば詩誌『ダイヤル』に投稿していたが、彼女の天分に大きな期待を寄せるエマソンは彼女に詩作を勧め、T・W・ヒギンソンは彼女を「天才的な女性」と呼び、マーガレット・フラーも「彼女以上に天賦の才のある女性にはヨーロッパでも出会ったことがない」とローマから書き送っている（Cooke 315-16）。

『ウォルデン　森の生活』（*Walden; or, Life in the Woods*, 1854）の「煖房」（"House-Warming"）と題する章の末尾で、「ある詩人の適切な言葉が新しい力をもってわたしに蘇ってくるのであった」（Thoreau 273-74　引用は神吉三郎訳による）と記したソローが、「あかるい炎よ、お前のなつかしい、人生を映す、身ぢかな同情は／わたしに拒まれてはならない、／わたしの希望のほかの何がそんなに燃えさかったであろうか、／わたしの運命以外の何がそんなに夜、消えしずんだであろうか／なぜお前はわれわれの炉と広間から追いはらわれたのか／みんなに歓迎され愛されたお前が？　かくも単調なわれわれの生活の平凡な光りには／お前の存在はあまりに空想をそそるものだった、／お前のあかるいかがやきはわれわれ気の合った魂たちと／神秘な交わりを、あまりに大胆な秘密を、取りかわしたのか?」という詩句を引用していたことを記憶している読者もいるだろう。引用はまだ続くのだが、この「焚火」("The Wood-Fire") と題する詩を書いた「ある詩人」こそ、クローヴァーの母エレン・フーパーその人だったのだ。

「天才的な女性」エレン・フーパーは「現在のわれわれが言うところのフェミニストだったが、フェミニズムなどといった穏やかな言葉では彼女の必死の情熱を伝えることはできない」とオットー・フリードリックは指摘し、彼女が妹のスージーに「女性の権利に関する書物を何冊か読んで、踏みにじられた女たちのような気持ちになっている」と語ったことを紹介している (Friedrich 47-48)。だが、一九世紀前半のアメリカにおいて女性が詩人になろうとすること自体が、反社会的な行為にほかならなかった。バーバラ・ウェルターが一九六六年に発表した「真の女性らしさの崇拝」と題する論文によると、敬虔、純潔、従順、家庭性という四つの美徳を備えた女性が「真の女性」とみなされた (Welter 15) が、女性が閉じ込められるべき家庭という私的領域から、男性のための社会的な公的領域に越境して詩人として活躍するエレンは、到底「真の女性」と呼ぶことができない。しかも、一八一二年に生まれて四八年に病没した彼女の生涯は、バーバラ・ウェルターが研究対象とした一八二〇年―一八六〇年とほぼ完全に重なっていることを見落としてはなるまい。

さらに、詩人エレン・フーパーは家庭という女性の領域を露骨に否定する言辞を弄していたことが知られている。妹のスージーが女性は自分自身を女性の領域に限定するべきだ、と語ったのに対して、「一人の女性が女性の領域にいることを（あなたは自分がそこにいると信じているようだから）わたしは感謝しているが、その領域の正確な範囲を確定する目的で諸国のための視察委員会が任命されることを願ってやまない。女性の領域は女性が占めることができる範囲にすぎないようにわたしには思われるし、なぜシャルロット・コルデーにはブルータスにも劣らず短剣を持つ権利がなかったのか、わたしには理解できない」というのがエレンの答えだった、と先述のオットー・フリードリックは伝えている（Friedrigh 48）。エレンが言及しているコルデーは、フランス革命でジロンド派を擁護して、山岳派のリーダーだったジャン＝ポール・マラーを暗殺した女性だったので、この暗殺という過激で破壊的な行動に及んだ人物を引き合いに出すことによって、女性を家庭という狭隘な女性の領域に閉じ込め、女性が自由に行動する権利を奪うことを目指す社会制度をエレンは暗に批判していたと思われる。

だが、ロバートの妻であると同時に、一男二女の母でもあったエレン・フーパーにとって、家庭という名の女性の領域が彼女のいるべき場所だったにもかかわらず、詩人として活躍する彼女は、女性の領域からはみ出た行動をとっているだけでなく、それを正面から否定する発言までしている。エレンの生活は危ういバランスの上に成り立っていたと言わざるを得ないだろう。だが、すでに明らかにしたように、クローヴァーもまたヘンリーの妻であると同時にヘンリーの母でもあったという意味で、エレンとクローヴァーの間にパラレルな関係を認めることができるとすれば、クローヴァーはエレンの生きざまから何かを学び取ったのではないだろうか。

詩人エレン・フーパーは詩誌『ダイヤル』の創刊号（一八四〇年七月）に「美と義務」（"Beauty and Duty"）と題する作品を発表している。それは「彼女の最もよく知られ、しばしばアンソロジーに選ばれる詩篇」（Dykstra 11）と評されている作品だが、"I slept, and dreamed that life was beauty;/I woke, and found that life was duty./Was thy dream then a shadowy lie?/Toil on, sad heart, courageously,/And thou shalt find thy dream to be/A noonday light and truth to thee."（大意「人生は美だという夢を見たが、目が覚めると、人生は義務だということが分かった。では、人生が美だという夢は日陰の嘘だったのか。嘆き悲しむ心よ、倦《う》まず弛《たゆ》まず努力するがよい。汝の夢はやがて汝にとって白日の光となり真実となるのだから」）というわずか六行から成るこの短詩は、一体どのように読み解けばいいのだろうか。

人生は「美」だと夢見ていたエレンだが、現実にはロバートの妻、子どもたちの母である彼女は良妻賢母としての「義務」から逃れることはできない。だが、女性の領域である家庭で、その「義務」を忠実に果たしながら、詩人として精進することによって、人生は「美」であるという夢を実現することができる、というのが、この詩篇の意味ではないだろうか。エレンは「彼女の狭いドメスティック・サークルの外ではなく、その内に真実と自由を求めた。一言でいえば、エレンの夫と三人の子どもたちが彼女の人生の核心だった」（Dykstra 11）とナタリー・ダイクストラは論じているが、この解釈に従うならば、エレン・フーパーは疑義を呈していたはずの「女性の領域」、ひいてはドメスティック・イデオロギーそのものを受け入れて、独立した人格を獲得することもなく、「真の女性」として女性の領域に閉じ籠る生き方を選び取ったということになってしまう。女性に課せられた妻／母としての「義務」を受け入れながら、同時にまた詩人として人生の「美」を追い求め続けることが、エレンの「人生の核心」だったと考える者としては、ダイクストラの主張は到底受け入れることができない。

クローヴァーが一四歳のときに与えられた聖書の裏表紙の内側には、この「美と義務」の詩が恐らくは彼女自身の手で書き付けられていたといわれる（Friedrich 27-28)。母エレンの詩が語りかけるメッセージに日夜親しんでいたと考えられるクローヴァーもまた、エレンと同じように、アンドロセントリックなアメリカ社会の窮屈な環境のなかで、ヘンリーの妻／母としての「義務」を果たし、「勤勉な調査員、熟練した翻訳者」として活躍していたのだった。だが、エレンと違って、詩才に恵まれていなかったクローヴァーは、一体どこに、どのような手段で、彼女の人生の「美」を探ることになったのだろうか。その探求の手段こそ、自死の二年前の一八八三年になって、四〇歳のクローヴァーがほとんど独学で習得した写真の技術だったのだ。

ヘンリー・アダムズの伝記作者エドワード・チャルファントによると、クローヴァーがカメラを手にしたのは、一〇年ばかり以前の一八七二年の五月か六月、新婚旅行の準備のために、ヘンリーと一緒にボストンのスタジオで写真のレッスンを受けたときが最初だった（Chalfan 1994: 266)。友人のチャールズ・ミルンズ・ギャスケルに宛てた一八七二年五月三〇日付の手紙にアダムズは「小生は現在、写真の勉強をしている。この冬、小生たちはナイル川をさかのぼる予定で、写真装置を持って行きたいのだ」と報告している。チャルファントも「レッスンは不可欠だった。湿板写真は複雑で、有毒な化学薬品の使用が必要だった」という説明に続けて、「写真を撮りたいという欲求は最初はヘンリーのほうが強かったが、クローヴァーの興味がかき立てられて、高まることになる」（Chalfant 1994: 267）と書き加えている。

事実、ヨーロッパ旅行の間、せっせとシャッターを押していたのがヘンリーだったことは、ギャスケル

新婚旅行でナイル川を旅する客船でのヘンリー・アダムズ
クローヴァーが撮影したとされている。Natalie Dykstra, *Clover Adams* (2012) より（マサチューセッツ州歴史協会蔵）

に宛てた手紙（一八七三年二月四日付）に「小生が撮った［エジプトの］アブ・シンベル神殿の写真」を同封したアダムズが「当地で売られているプロの写真家が撮った写真のどれ一つとして神殿の精神を捉えているものはない」と豪語していることや、父親に宛てた手紙（一八七三年二月一六日付）にクローヴァーがヘンリーは「ビーヴァーのように写真を撮っている」と書いていることからも明らかだ。この旅行中にクローヴァー自身が撮ったのは、夫妻がナイル川を旅するためにチャーターしたイシス号の特別室に座っているヘンリーの写真一枚だけだった、と語る彼女の伝記作者も、「ヘンリーが船員の誰かに頼んで撮ってもらったのでなければ」(Dykstra 67-68) という但し書きを付けているのだ。

このいわばカメラ音痴のクローヴァーが無類のカメラ好きに変身する過程を詳しく紹介する余裕はないが、一九世紀末に写真が一般女性に普及するようになる一方で、クローヴァー自身、写真家の友人アン・パーマー（Anne Palmer, 1856-1937）との交流、合衆国農務省の化学者クリフォード・リチャードソン（Cllifford Richardson, 1856-1932）の専門的なアドバイス、イギリスの科学者で写真家のサー・ウィリアム・アブニー（Sir William Abney, 1843-1920）の『写真論』（*A Treatise on Photography*, 1878）と題する手引書との出会いといった幸運に恵まれて、急速に写真撮影という沼にはまり込み、最新の撮影器具を買い込んだり、自宅に暗室をこしらえたり、撮影の日時や露出の時間、現像液に関するデータなどを特別に用意したノートブックに仔細に記入したりするようになった。毎日曜日に書いていた父親宛ての「週に一度の無駄話」を後回しにして、写真の現像に没頭することもあったらしい。一八八三年の夏、ヘンリーがエリザベス・キャメロン（Elizabeth Cameron, 1858-1944）に宛てた六月二六日付の手紙に「妻は写真を撮る以外は何もしていない」と書いていたという事実は、クローヴァーの昼夜を分かたぬ熱中ぶりを伝えているだけでなく、クローヴァー自身、「写真が楽しくなって、すっかりのめり込んでいます」と友人クララ・ヘイに宛てた同年九月七日付の手紙（qtd. in Dykstra 144）で告白していたことを思い出させる。

『ヘンリー・アダムズ夫人の教育』の著者ユージーニア・カレディンは、科学であると同時に芸術でもある写真という仕事に没頭するクローヴァーについて、「彼女なりのやり方で、彼女はヘンリーの目的に正確に対応する人生の目的を発見した。それは彼女のカメラでアメリカの歴史を記録することだった」（Kaledin 188）と説明し、これまでにもしばしば引用した伝記作家ダイクストラは「一八八三年五月六日の日曜日の朝、クローヴァーは新しく買ったカメラを手にして、最初の何枚かの写真を撮った。これからの何か月かの間、この形式の芸術によって、彼女は彼女の母親が詩のなかに探求したものを探求することになる」（Dykstra 133）と述べている。

果たして「写真を撮る以外は何もしていな」かった女性写真家クローヴァー・アダムズは、歴史家だった夫ヘンリー・アダムズや詩人だった母エレン・フーパーの仕事に匹敵する仕事を、写真という芸術によって残すことができたのだろうか。

3　写真家クローヴァーのアルバム

クローヴァー・アダムズの死から四日後の一八八五年一二月一〇日に書いた記事で、『ニューヨーク・ワールド』紙の記者は、「彼女は非常に熟練したアマチュアの写真家で、当地のアマチュア写真家クラブの会員だった。彼女は友人や知人の有名人たちの非常に芸術的な陰画《ネガ》を数多く作成した」（qtd. in Samuels 1958: 276）と報じている。

この「非常に熟練したアマチュアの写真家」と評されているクローヴァーが撮った写真をここで具体的に検討してみよう。マサチューセッツ州歴史協会には彼女が自作を整理して集めたアルバムが三冊保管されていて、それぞれに四八枚、四七枚および一八枚の写真が収められているが、ここでは自由に閲覧できる一冊目のアルバムに載っている、一八八三年に撮影された四八枚の写真を取り上げることにしたい。その内訳は人物写真が二七枚、風景写真が一〇枚、人物と動物の写真が九枚、動物のみの写真が二枚となっている。

クローヴァーが最初の写真を撮ったのは一八八三年五月六日のことだったが、その後の半年間に親類縁者はもちろん、子どもから大人まで、様々な人物がクローヴァーのカメラの前でポーズを取っている。七月二九日に彼女は『オレゴン・トレイル』（*The Oregon Trail*, 1847）で知られるフランシス・パークマン（Francis Parkman, 1823-1893）の写真を二枚撮っているが、六〇歳の著名な歴史家は一枚目と二枚目では左右別の方角を向いて籐の椅子に座っている。かと思うと、一〇月二四日にジョン・ヘイ夫妻のクリーヴランドの新居を訪ねたときには、三輪車に乗った下の娘アリスを撮ったり、一本の木の前に立っている姉娘のヘレンとデルの二枚の写真で別のポーズを取らせたりしている。

この一八八三年のアルバムには、八月一九日の午前中に撮ったヘンリー・アダムズの写真が二枚収められていて、どちらも彼が書斎で机に向かって執筆中という構図という点は同じだが、最初の一枚で彼が着ていた黒い上着に満足できなかったクローヴァーは、二枚目では明るい色のツイードの上着に取り換えさせている。さらに、このアルバムに貼り付けた二枚の写真のそれぞれを、一週間後の八月二六日に撮った、マサチューセッツ州ベヴァリーのスミス岬の岩場に根を張っている一本の笠松の別々の写真と抱き合わせにしている。この組み合わせについて、クローヴァーの写真に詳しい伝記作家ダイクストラは「彼女の夫を荒涼とした一本松と並べることによって、クローヴァーは知的な探求という岩場にしがみついている彼を描こうとしたのだろう」と説明する一方で、この取り合わせは「ヘンリーの仕事が要求する孤独は、彼の人格に染みついている孤立癖と同質だった」ことを物語っている、と付け加えている（Dykstra 152）。

なお、次章で触れるように、アダムズはこの時期、クローヴァーをモデルにした小説『エスター』を執筆中だったので、二枚の写真の彼の前に写っているのが、その小説のための原稿用紙だったとすれば、写真家が自分のことを描いた小説を書いている小説家を写しているという奇妙な状況が、この写真を見る者の想像力を刺激することになるのではないか。

クローヴァーが撮った人物写真のなかで、見る者の目を惹かずにはおかないのは、ヘンリー・アダムズの両親のチャールズ・フランシス・アダムズ（Charles Francis Adams, 1807-1886）とアビゲイル・ブルックス・アダムズ（Abigail Brooks Adams, 1808-1889）が写っている一枚だろう。この七月三〇日撮影の写真のアダムズ夫妻は、マサチューセッツ州クインジーにある「オールド・ハウス」と呼ばれるアダムズ家の邸宅のポーチに座っているが、二人の間に写り込んでいる正面玄関は真っ黒で、なかに入ることはもちろん、内部を覗き見ることも拒絶されている。「二人の人物が中央に向かって半ば横向きに座り、アダムズ氏の脚とアダムズ夫人のステッキが強いV字型を作るような角度で互いの方向に延びるようなポーズを取らせることによって、クローヴァーはこの拒絶感を高めている」とダイクストラは指摘し、クローヴァーがカメラを二人の目線よりも低い位置に置いているために、「写真のなかのアダムズ夫妻は、実生活で二人がしていると彼女が知っていることをしている――つまり、彼女を冷酷な侮蔑の態度で見下している」ということが見る者に伝わってくる、と解説している（Dykstra 146）。『ワシントンにおけるヘンリー・アダムズ』の著者オーモンド・シーヴェイもまた「アダムズ一族にとって［ヘンリーとクローヴァーの］結婚があまり満足できるものでなかったことは、クインジーでクローヴァーが撮ったチャールズ・フランシス・アダムズとアビゲイル・ブルックス・アダムズの肖像写真によって象徴的に示されている」（Seavey 327）

と語っている。

この老アダムズ夫妻のそれと対照的な写真は、クローヴァーが八月一〇日にベヴァリー・ファームズの実家のポーチで椅子に座っているベッツィ・ワイルダー（Betsy Wilder 生没年不詳）を撮った一枚ではあるまいか。ベッツィは実家のフーパー家で長年働いていた家政婦で、母エレンの死後、三人の子どもたちの面倒を献身的に見てくれた女性だった。この写真のベッツィについて、オットー・フリードリックは「彼女の頭はリボンのついたボンネットをすっぽりかぶり、つま先まで垂れている、糊のきいた、黒っぽいタフタ生地のよそ行きのドレスに身を包んでいる。厚い縁の眼鏡の奥の眼は膝の上の編み物に集中している」（Friedrich 47）と説明しているが、彼女の足元には飼い犬のダウディーがおとなしく寝そべっているだけでなく、アダムズ夫妻の場合とは違って、彼女のすぐ横に写っている玄関のドアは開け放たれ、部屋のなかの様子がうっすらと見えていることも強調するべきだっただろう。

この対照的な二枚の写真について、ヘンリー・アダムズと友人たちを扱った『ハートの5』（*The Five of Hearts*, 1990）と題する著書のあるパトリシア・オトゥールは、「クローヴァーがヘンリーの両親を撮ったとき、彼女は彼女自身を二人のずっと下に置いている。チャールズ・フランシス・アダムズ夫妻はレンズを厳しい目つきで覗き込み、アダムズ家が実生活でそうしていたように、写真のなかでもクローヴァーを見下している」と語る一方で、ベッツィ・ワイルダーの写真を撮るために、「クローヴァーはカメラの眼をベッツィの少し下に置き、膝の上の編み物に注意を集中するように彼女に要求している。カメラと被写体との関係は深い尊敬を伝えている」（O'Toole 1990: 103-104）と指摘している。

なお、この発言を敷衍する形で、老アダムズ夫妻の写真に関するダイクストラの解説について、パトリシア・オトゥールは二二年後に書いた文章のなかで「クローヴァーのことを気に入っていなかった義父母がクインジーの家のポーチに座っている肖像写真を、私は長い時間をかけてじっくり眺めたことがあった。ダイクストラ氏に指摘されるまで、その写真のど真ん中に立ち入りを拒絶する義父母たちの真っ黒い正面玄関を写真家が配置していることに私は気づかなかった」(O'Toole 2012 n.p.) と告白していることを付け加えておこう。

この一八八三年のアルバムでベッツィの写真に隣り合って置かれているのは、同じ八月一〇日に撮られたクローヴァーの父ロバート・フーパーの写真で、愛馬キティに牽かれた軽装四輪馬車《オープンバギー》に乗ってドライブに出かけようとする姿が写っている。さらにその隣りに、クローヴァーは二日後の八月一二日に撮ったロバートの写真を並べているが、そこではロバートが一本の高い木の前で、それと競うかのように背筋を伸ばし、前方を鋭い目つきで見つめながら、すっくと立っている。ロバート・フーパーとベッツィ・ワイルダーは「彼女を最も直接に育ててくれた二人の人間」だったので、二人の人物の写真をこのように並べて飾ることで、クローヴァーは「アルバムのなかに親を写した肖像写真 (parental portrait) の一種を形作っている」(Dykstra 151) とナタリー・ダイクストラが鋭い評言を加えていることを紹介しておこう。

写真家クローヴァー・アダムズが一八八三年の五月から一一月にかけて撮ったのは、彼女の周囲にいる近しい人間の写真だけではなかった。マサチューセッツ州歴史協会は、三冊のアルバムに収められていない写真を含めて、クローヴァーの作品を全部で一三七枚所蔵しているが、その一〇枚に犬が登場している点に触れて、「一八八三年から八五年にかけて、写真家としての二年半のキャリアにおいて、彼女の写真の七パーセントに犬が写っている」とヘザー・ロックウッドは指摘し、クローヴァーを「犬の肖像写真家」(dog portraitist)と呼んでいる(Rockwood n.p.)。

ここで対象としているアルバムには、人物と犬が写っている写真が何枚か収められているが(ベッツィの写真もその一例だ)、ヘンリー・アダムズが愛犬マーキス(侯爵)と一緒に階段に座っている一枚はよく知られている。この一八八三年五月六日撮影の写真について、ダイクストラは「ヘンリーはHストリート一六〇七番地の自宅のバックポーチの階段にやや窮屈そうに横顔を見せて座り、右手でマーキスの足を握っているが、マーキスは頭を静止することができない。ツイードの服、刈り込んだ顎髭、ストローハットといった格好のヘンリーは、有閑階級の理想像だ。左手に持っている淡色の皮手袋は、手を胼胝《たこ》から守るためではなく、ファッションのためなのだ」(Dykstra138)と解説している。

この写真について、オットー・フリードリックも「彼[ヘンリー]は非の打ち所がないまでに襟先のボタンまで留めた、非の打ち所のないダブルのツイードの服を身に着け、非の打ち所のない白い帽子をかぶっている。片方の手を差し出して、深刻な威厳のある表情で、彼を熱愛するスカイテリアの毛むくじゃらの前脚を握っている」(Friedrich 294)とコメントしている。いずれにしても、この写真はカメラに夢中になったクローヴァーが最初に撮った記念すべき一枚だったことをダイクストラは明らかにしている(Dykstra 138, 151)。

とりわけ興味深いのは、アダムズ夫妻が可愛がっているスカイテリアたちが庭でお茶会をしている二枚の写真で、八月二七日撮影の一枚には、茶器の置かれたテーブルに前足をかけた姿勢で、マーキスとポッサム（フクロネズミ）の二匹が椅子にちょこんと座っている。一一月五日に撮られたもう一枚の写真には、ポッサムとマーキス、それにブージャム（ルイス・キャロルの『スナーク狩り』の最後の言葉 "For the Snark was a Boojum, you see."［Carroll 53］を参照）まで加わって、三匹の愛犬たちが同じようにティーテーブルを囲んで、いかにもおとなしく優雅に座っている様子が写っている。

この二枚目の写真について、ダイクストラは、撮影場所はHストリート一六〇七番地の自宅の庭で、クローヴァーはまず「裏の垣根にベッドシーツを掛け、ティーポット、三個のカップとソーサー、銀のスプーンといったティーセットがすべて揃った小さな暗い色のテーブルの周りに椅子を三脚並べた。彼女はそれぞれの犬を椅子に座らせ、前脚を何とかしてテーブルの上に置かせると、三匹をそのままの状態にじっとさせておいて、カメラのほうに駆け戻った」（Dykstra viv）と説明している。この撮影で「犬の肖像写真家」クローヴァーが使ったのは、従来型のシャッターのように長い露光時間を必要としない新しい瞬間シャッターだったらしい。

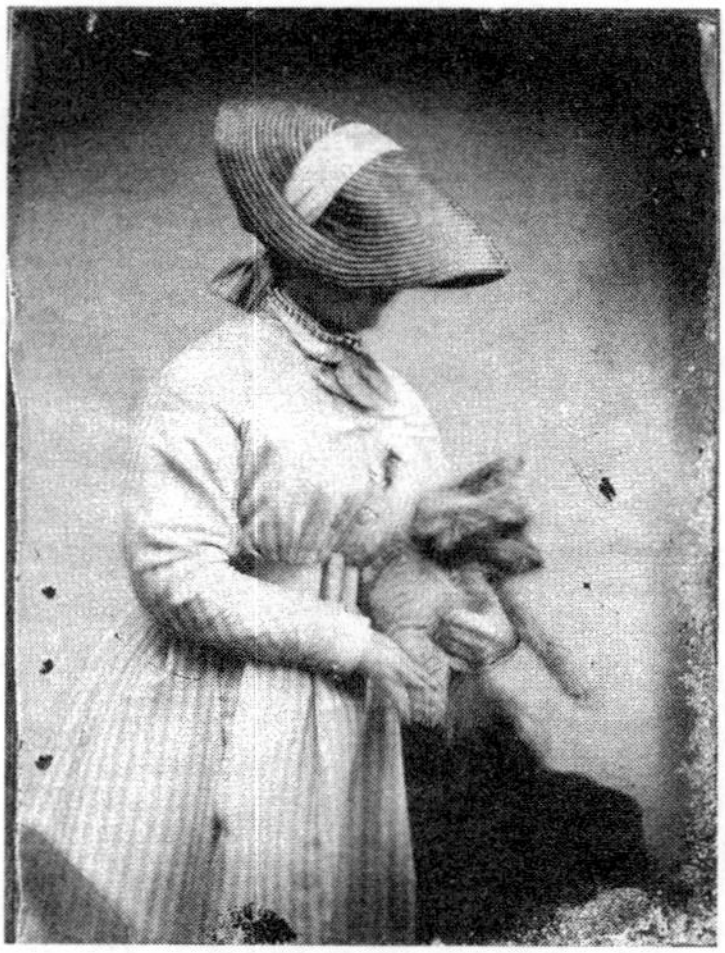
写真を撮られるのを嫌った
クローヴァー・アダムズ
抱いているのは愛犬のポッサム

こうして一八八三年にクローヴァーが撮っ

た四八枚の写真から判断する限り、その被写体のほとんどが夫のヘンリー、父のロバート、義父母の老アダムズ夫妻、代理母親としてのベッツィ、愛犬のポッサムとマーキスとブージャムといった彼女に身近な人物や動物だったことが判明する。クローヴァーが写真という表現手段を選んだのは、ヘンリーの妻／母として閉じ込められていた家庭という女性の領域から一歩踏み出し、ドメスティック・サークルの外の世界に新しい自分と新しいアイデンティティーを発見するためだった。だが、まことに意外なことに、彼女のカメラが捉えていたのは、彼女が否定したはずのドメスティック・サークルと切り離すことができない被写体ばかりではないか。どうやらクローヴァーが一八八三年に撮った一連の写真は、「女性の全世界は家庭《ホーム》だ。その理由は女性が女性《フィーメイル》であるからだ。女性は女性としての職業と趣味に厳密に限定されている、指示された領域を持っていた」(Gilman 1911: 23)という『男性が創った世界』におけるシャーロット・パーキンズ・ギルマンの発言を裏書きするだけの結果になっている、と結論しなければならないだろう。

結局のところ、女性の領域に背を向けた女性写真家クローヴァーが後世に残したのは、女性の領域が家庭や家族であるという事実を再確認し、その事実を記録にとどめるような一連の写真にほかならなかった。ユージーニア・カレディンやナタリー・ダイクストラが期待していたような、歴史家ヘンリー・アダムズや詩人エレン・フーパーの世界に匹敵する世界は、そこには一切姿を見せていない。クローヴァーが否定したはずの女性の領域がそこには肯定的に写し出されているばかりなのだ。この状況を目の当たりにして、読者としては、何たるアイロニーと呟きたくなるのだが、それは一九世紀末のアンドロセントリックなアメリカ社会においては、女性芸術家が直面せざるを得ない限界だったかもしれない。だが、その限界にもかかわらず、クローヴァー・アダムスが、かりに束の間であったとしても、女性写真家としての新しい自己を発見し、新しいアイデンティティーを確立していたという事実は誰にも否定することができないのだ。

第五章

アンドロセントリスト・アダムズ

1 「男性の創った家族」

一八七六年一二月九日、『ノース・アメリカン・レヴュー』の編集長であったと同時に、母校ハーヴァード大学で教鞭を執っていた三八歳のヘンリー・アダムズは、「古代史における女性の権利」（"Women's Rights in Primitive History"）と題して、ロウエル・インスティテュート主催の公開講演をおこなっている。講演の元原稿は残っていないが、一八九一年出版の『歴史に関するエッセイ』（Adams, *Historical Essays*）に収められた「女性の原始的権利」（"Primitive Rights of Women"）と題する改訂版を読むことができる。

この講演におけるアダムズはアメリカ先住民の社会、古代ギリシャの社会、古代アイスランドの社会などにおける女性の地位を考察しているが、後者の二つの社会を論じる際には、ホメーロスの叙事詩『オデュッセイア』に描かれた生死の分からぬ夫を待ち続けるペネロペイアと、アイスランドの英雄詩『ニャールのサガ』に登場して、三人の夫をつぎつぎに殺害するハルゲルズの生きざまを詳細に分析するなどして、博識ぶりを遺憾なく発揮している。だが、歴史家アダムズが蘊蓄を傾けた論考を過不足なく紹介することは手に余るので、家族に関する彼の見解に焦点を当てることにしたい。

その議論の過程おいて、「結婚という制度、父系制、家族の重要性、父親の権利」に注目したアダムズは、「恐らく、家族という制度は、彼ら［アーリア民族］の異常な成功の手段であったし、彼らが足を踏み入れたところにはどこでも樹立した統治の手段であった。歴史的には家族は人間のすべての情熱のなかでもっと深いところに横たわっている、あの自然な愛情とあの所有欲のエネルギッシュな現実化の一例にすぎない」と述べ、ロウエル講演を以下のような言葉で締めくくっている――

人類の発展の記録における新しい発見のすべては、人間の最も強力な本能は愛情と所有欲であるという事実、この本能の上に家族は成立しているという事実、ほかのいかなる制度も家族と同一の基盤あるいは同じように強固な基盤の上に築くことはできないという事実、この理由によって家族は人類のすべての制度のなかで最も強力で最も健全な制度であるという事実、家族はあらゆる対立する制度をこれまでも常に踏みにじってきたし、これからも常に踏みにじるだろうという事実、最後に、社会が家族の理論を過度に推し進めたり、それが軽蔑されるがままに放置したりした場合には激しい反動があったという事実といったよく知られているいくつかの事実を指し示している。

このように「結婚という制度、父系制、家族の重要性、父親の権利」に着目し、とりわけ「家族」を「人類のすべての制度のなかで最も強力で最も健全な制度」とするアダムズの主張をめぐって、アダムズの伝記作家アーネスト・サミュエルズは「聴衆のなかに誰かニューウーマンの代表者がいたとすれば、女性の権利の問題に関するこの学識豊かな論考を楽しむことなどまるでできなかっただろう」と述べ、「たしかに、それは女性の社会的、法的な権利に男性の政治的な自由に劣らず立派な起源があることを明らかにしたが、家族を個人に優越するものとして非常に重視したことで、女性の権利はアメリカの家庭の純粋性を脅かすという理由で、女性の権利の拡大に反対している煽動的な説教師たちの術中にはまってしまった」(Samuels 1948: 265)と説明している。家族の重要性を強調した結果、アダムズは「真の女性」の美徳とされる家庭性を重視することになっただけでなく、女性の権利の拡大を目指す女性参政権論者たちの足を引っ張ることにもなったというのだ。

このサミュエルズと対照的なコメントを加えたのは、クローヴァーの伝記を書いたオットー・フリードリックだった。アダムズが『ニャールのサガ』のハルゲルズについて「確かに、このような性質の女性は奴隷でもなく、奴隷の子孫でもなく、奴隷といかなる関係もなかった。何世代にもわたる自由な野生の動物の獰猛で飼いならし得ない本能のすべてが彼女のなかに具現化されていた」と語り、「この『自由な野生の動物』の子孫たちが自らの政治的運命を決定する権利を奪われたのはなぜか」という疑問に答えようとしている点にのみ注目したフリードリックは、「ボストンの啓発された女性たちにとって、彼女たちはかつては誇り高く、自信にあふれ、侮辱に対して暗殺で報いるまでに支配的だったし、これからもまたそうなるだろう、とこの小柄な大学教授が説くのを拝聴するのは、何と魅惑的だったことか。そして、その聴衆のなかで、誰が一体クローヴァー・アダムズ以上に強く魅惑されて聴き入ることができたというのだろうか」(Friedrich 193-94)と語っている。権利の拡大を夢見る女性のための明るい未来を想定することに気を取られていたために、この伝記作家は個人よりも家族を重要視するロウエル講演の結論部分を完全に見落とすという致命的な失態を演じていると言わざるを得ないだろう。

だが、この講演でアダムズが規定しているような家族の形において、女性は一体どのような場所を占めることになるのか。『男性が創った世界』の第二章「男性が創った家族」で、「幼き者の世話と養育」が「家族の本来の目的」だったにもかかわらず、「欲望、闘争心、自己表現といった基本的な男性的特性」を付与された男性によって「不思議な変化が家族に加えられた」と考えるギルマンは、「大まかに言って、男性が家族に対してなしたことは、それを子どもに最高のサービスを提供するための制度から、男性自身のサービスのために修正された制度、男性の満足と権力とプライドを達成するための手段に変貌させることだ」(Gilman 1911: 27) と主張し、その本来の目的が変えられてしまった家族を「男性が創った家族」(the man-made family) と名づけている。

この「男性が創った家族」においては、「大雑把に言って、世界の女性は男性のために料理と洗濯、掃除と埃払い、裁縫と繕いをしている」が、長年の習慣でそれを「自然な関係」と思っているために、「それが明らかに不自然で侮辱的であることを示すのは困難だ」(36) とギルマンは語り、女性を取り囲む「社会的、教育的な制限」に関しても、「支配的な男性」が「様々な制約で女性を束縛している」として、「纏《てん》足《そく》のために足が不自由な中国女性やハレムの閉じ込められた女奴隷」に見られる「物理的」制約、「すべてのアンドロセントリックな宗教が教える圧迫的な服従の教義」に見られる「道徳的」制約、女性たちが今や非常に急速に脱却している強制された無知」に見られる「精神的」制約といった「女性に加えられるアブノーマルな制約」(38) に言及している。「今日の私たちは民主主義国に住んでいる」が、男性が「家長」(the head of the family) として尊敬される「男性が創った家族」は「独裁君主国」である (40)、と『男性が創った世界』の著者は言い切っているのだ。

ギルマンが指摘しているように、男性が「家長」として君臨する家族は「独裁君主国」となる危険を孕んでいるにもかかわらず、ロウエル講演から四〇年以上経ってから出版された『ヘンリー・アダムズの教育』においても、時代の変化とともに、何百万もの女性がタイピストや電話交換手や店員や工場労働者として重要な労働人口となっていることをアダムズは認める一方で、女性の行動の基軸は「揺り籠と家族」(the cradle and the family) だったという主張を捨てようとはせず、その機軸から女性が逸脱した場合には「家族が代償を払わねばならない」(第三〇章) と論じている (引用は刈田元司訳による。人名表記その他を若干変更。以下同様)。そこには時代の変化とは関係なく、女性を「揺り籠と家族」によって象徴される領域に閉じ込めようとするアダムズのアンドロセントリストとしての本音を聞きつけることができるに違いない。

この「揺り籠と家族」に対するアダムズのこだわりは、「妻は写真を撮る以外は何もしていない」と書き送った相手のエリザベス・キャメロンとの関係にも見られると言い立てれば、奇を衒った発言に思われるだろうか。

リジーの愛称で親しまれたエリザベス・キャメロンは、南北戦争の英雄ウイリアム・テカムセ・シャーマン将軍と反トラスト法で知られる上院議員ジョン・シャーマンの姪だったが、一八七八年に二四歳年長で、前妻との間に六人の子どもがいるペンシルヴェニア州選出の上院議員ドナルド・キャメロンと政略結婚をさせられる。結婚後、上院議員の妻として首都ワシントンで暮らし始めた彼女は、アダムズ夫妻のサロンに出入りするようになるが、「危険なまでに魅力的な女性」（Tehan 10）と呼ばれたこともある彼女は、ワシントンの社交界の最も美しく、最も知的な女性の一人と評されて、多くの男性を魅了したといわれている。

ヘンリー・アダムズも例外でなかったようで、前章で引用したブランチ・ウィーゼン・クックは「ワシントンの社交界の生け垣やファサードの背後で何が起こったかを熟知していると主張する人たちは、ヘンリー・アダムズがエリザベス・キャメロンを愛していると知ったとき、クローヴァー・アダムズはあの現像液の壜をあおったと信じて疑わなかった」（Cook 246）とまで言い切っている。それはともかく、クローヴァーの死後、アダムズはキャメロン夫人と急速に親しくなり、九〇〇通を超える手紙を彼女に書き送っただけでなく（Tehan 14）、一八八六年六月に生まれた彼女の娘マーサを我が子のように溺愛したこともあって、マーサはアダムズが「愛人」キャメロン夫人に産ませた実の娘ではないか、というゴシップが出回るようになる。

絶世の美女と評判が高かった
エリザベス・キャメロンの肖像画

伝記作家アーネスト・サミュエルズは、アダムズが幼いマーサにも頻繁に手紙を書いていたことに触れて、そこに書かれた「ガムドロップやイヌについての楽しいおしゃべりの下には、一脈のペーソスが漂っていて、そのロマンチックな空想の話を片言しかしゃべれない赤ん坊に読んで聞かせている母親を涙ぐませたに違いない」(Samuels 1958: 333) と述べている。だが、アカデミックな伝記のなかで、アダムズがマーサの父親だったかどうかという下世話な話題を取り上げることをためらったのか、この疑問にサミュエルズが正面から答えようとしたのは、伝記全三巻の完成から三年後の一九六七年のことだった。

この年に発表された「ヘンリー・アダムズとゴシップの工場」("Henry Adams and the Gossip Mills," 1967) と題する一文で、マーサの誕生日が一八八六年六月二五日で、早産でもなかったという事実を基に計算したサミュエルズは、遅くとも一八八五年一〇月二一日、早ければ九月二六日が受精日だった可能性もなきにしもあらず、と推定している。この年の一〇月一七日、ヘンリー・アダムズと病弱の妻クローヴァーは滞在先のベヴァリー・ファームズからワシントンに戻ってきて、その後、ずっと自宅に引き籠っていたのに対して、議会が一二月七日まで開催されないので、ペンシルヴェニア州ドネガルの自宅で暮らすキャメロン上院議員夫妻は一一月中旬まで首都に赴く理由がなかった。こうした一連の状況証拠を踏まえたうえで、ヘンリー・アダムズはマーサの父親ではなかったという結論にサミュエルズは達している (Samuels 1967: 69)。この伝記作家の姿勢をもう一人の伝記作家オットー・フリードリックが「ほとんど中世的な几帳面さ」(Friedrich 330) と皮肉まじりに評していることを付記しておこう。

にもかかわらず、エリザベス母娘に対するアダムズの偏愛ぶりは一体何だったのか、という疑問が消えることはない。アダムズにとってクローヴァーが妻であると同時に母親的な存在であったことは前章で触れたが、二人の間には子どもがいなかったために、彼が思い描く「揺り籠と家族」という理想を実現することはできなかった。だが、クローヴァーの死後、アダムズが様々な形でキャメロン夫人と娘のマーサに接近したのは、夫としてのアダムズ、妻としてのエリザベス、子どもとしてのマーサの三人から成る疑似的な家族を思い描いていたからではないか。年端もいかぬマーサに「ロマンチックな空想の話」を書き送ったのも、かの有名な「シャルトルの聖母への祈り」("Prayer to the Virgin of Chartres")と題する詩を最初にエリザベスに捧げたのも、すべて「揺り籠と家族」という理想を追い求めるためだったと考えたい。

アダムズはキャメロン夫人に毎日のように手紙を書いただけでなく、夫人がパリに滞在しているときは、影の形に添うように、いつも彼女に寄り添っていたといわれている。だが、二六歳のアメリカ詩人ジョゼフ・ステックニー(Joseph Stickney, 1874-1904)とパリで出会った夫人は、一六歳年下の青年と激しく愛し合うようになり、アダムズが帰国した直後の一九〇一年四月に二人はフィレンツェで結ばれるが、この関係は五月の初めにはもう破局を迎えたのだった。「キャメロン夫人とジョウ・ステックニーの情事のせいで、アダムズの熱情は永久に冷めてしまったが、二人は毎週、手紙のやり取りを続け、彼が毎夏パリにきたときは、彼と彼の自動車は彼女の御意のままだった」(O'Toole 1990: 391)とパトリシア・オトゥールは説明している。なお、このキャメロン夫人の「情事」については、小著『アメリカ伝記論』の「若き詩人の肖像」と題する章を参照されたい。

どうやらアダムズが思い描いていた家族がギルマンのいわゆる「男性が創った家族」、「男性の満足と権力とプライドを達成するための手段」としての家族だったことは否定すべくもないようだ。「ゴシップの工場」の雑音にもかかわらず、そして、キャメロン夫人の「情事」とも全く無関係に、アダムズは自らを「家長」の地位に据え、自らが立ち上げた「独裁君主国」としての「家族」にたった一人で君臨する喜びをひそかに味わっていたのではないか。エリザベス母娘に対する彼の偏愛は、「男性が創った家族」という理想を追い求めるアダムズのアンドロセントリズムの露頭にほかならなかったのだ。

2 ミソジニスト・アダムズ

歴史家アダムズにとって、女性は女性の領域としての家庭において家族のために働くべき存在だったのだが、その領域の外で活躍しようとする女性、知的な世界で男性に伍して働いている女性に対して、彼は一体どのような批判的発言を繰り返しているのだろうか。手紙魔として知られた彼は大量の手紙を書き残しているが、ほんの一握りの手紙のなかにも彼の率直な意見を聞きつけることができる。

イギリスの政治家で親しい友人のサー・ロバート・カンリフ（Sir Robert Cunliffe, 1839-1905）に宛てた一八七五年八月三一日付の長い手紙のなかで、「わが国の若い女性たちは本を読むべきだ、絵を描くべきだ、何らかの形で仕事をするべきだ、という考えにとり憑かれているが、世間的に感じのいい人間になるといったつまらない目的のためでも、単なる楽しみのためでもなく、『思考力を向上させる』ためなのだ」と指摘したアダムズは、「この女性たちは彼女たちが思考力と呼ぶあの貧弱で、硬くて、細くて、針金のような弦が一本しかない楽器、一つの大きな感情を抑制するだけの能力も、ましてやそれを言葉や形で表現する能力もない楽器を向上させることなど情けないほどに不可能であることに全く気づいていない」と言い放っている。女性の思考力を「あの貧弱で、硬くて、細くて、針金のような弦が一本しかない楽器(those poor little hard, thin, wiry one-stringed instruments)」に譬えたとき、アダムズが女性を単純でか弱い存在、「思考力を向上させる」ための努力を重ねたとしても、結局は男性の庇護なしに生きていけない存在と受け止めていたことは明らかだろう。

このカンリフに宛てた手紙から二〇年以上が経った一八九八年五月二八日に、クローヴァーの姪の一人であるメイベル・フーパー(Mabel Hooper 生没年不詳)に書いた手紙のなかで、「秘密にしておくべきであったかもしれないような女性の性格の測り知れない深さをこれまでも君には明らかにしてきた」と前置きをしたうえで、「女性は十中八九、二つの理由で破滅する。一つは口をつぐむことができないという理由、もう一つは互いに協力し合うことができないという理由だ。女性は男性と共に進むように創られているが、一緒に進もうとはしない。女性が優れていればいるほど、性格が純粋であればあるほど、品格が高ければ高いほど、趣味が家庭的であればあるほど、非の打ち所のない生きざまであればあるほど、女性たちは互いにうまくやっていけない」とアダムズは述べ、つぎのように分析している——

この不一致の根底にあるのは女性的本能だが、三〇歳以前の女性は自分自身の直感の経験がほとんど皆無なので、子どもとみなすことができる。女性が愛したり、憎んだり、嫉妬したりしているとき、誰かに教えられるまで、女性はそのことに気づかない——そして、誰かに教えられたこと対して女性は怒り狂い、それを信じようとしない。もちろん、この点に関しては、われわれは皆、多かれ少なかれ、愚か者ではある。女性の厄介な点は、男性をしのぐ唯一の利点でもある女性の直感や感情に女性自身が欺かれるということだ。そして、最も厄介な点は、そのような直観の働きを逃れるほどに平穏な人生や単純な人生はあり得ないということだ。

カンリフに宛てた手紙の場合と同じように、ここでのアダムズが女性を上からの目線で観察していることは指摘するまでもないだろうが、「三〇歳以前の女性」を「子ども」と同一視している点は、批評家としてのヘンリー・ジェイムズが書評対象の女性作家たちを少女扱いして、彼女たちの露骨な幼児化を試みていたことを思い出させはしないか。同時にまた、女性の欠点をあげつらうアダムズの口調が説教者のそれにほかならないことを聞き逃してはなるまい。書評家ヘンリー・ジェイムズがそうだったように、私信におけるヘンリー・アダムズもまたレベッカ・ソルニットのいわゆる「説教したがる男たち」の一人だったのだ。

アダムズが知的な女性に対して抱いていた偏見という点で極めて興味深いのは、彼がイギリスの政治家で友人のチャールズ・ミルンズ・ギャスケルに宛てた一八七一年四月一八日付の手紙ではないだろうか。ギャスケルの伯母（彼の母メアリーの姉）シャーロット・ウィリアムズ＝ウィン（Charlotte Williams-Wynn, 1807-1869）は、手紙と日記の優れた書き手として知られているが、彼女の遺文を集めた私家本を読んだアダムズの露骨なまでに率直な読後の感想がその手紙に書き記されているのだ。いささか長くなるが、彼

の執拗なミソジニストぶりを実感していただくために、そこでの発言を以下にそっくり引用しておこう

――

君の伯母上の本は僕の心に奇妙な印象を残している。彼女のか弱い頭をカントやフィヒテやシュレーゲルで苦しめ、そのせいでますます憂鬱になるばかりだったこと。素晴らしい女性的な女性がこれほどまでに完璧に不適合な趣味に興じるといった非常に奇妙な実例に出会ったことがない。彼女の手紙を読めば読むほど、このような素晴らしい才能の女性が実際に歩んだ人生よりももっと彼女にふさわしい人生を見つけることができなかったことを残念に思う。彼女の手紙のページを繰るたびに、彼女は哲学に真の共感を覚えていなかったし、覚えることができなかっただろうことや、同様にして哲学の方法をほとんど理解していなかったし、理解することができなかっただろうことを思わざるを得ない。彼女の性格と哲学者のそれとは本質的に異なっている。後者は、後者自身の精神であれ物質であれ、様々な現象を結果に対して絶対的に無関心な態度で研究することに喜びを見出す。哲学者の仕事は、人生や思想や魂や真実について、燐酸塩や平方根について思考するかのように思考することだが、自らに疲れ果てた精神にとって、科学の核心にたどり着くことには信じられないほどの安堵感と純粋な喜びが存在している。哲学者は理論や証明の結果が彼自身の神や人生との関係にどのような影響を及ぼすかということを問うために立ち止まることは決してない。彼の楽しみは、彼自身があたかも小さな神で、

不死身で、もしかしたら全知全能であるかのように働くことなのだ。

ここでの「哲学者」をヘンリー・アダムズが理想とした「科学的歴史家」と読み替えるならば、ギャスケルの伯母の本の書評という形で、彼は彼自身の歴史家としての「仕事」について語っているといえるかもしれない。だが、それにしても彼の口調が上からの目線で語る説教者のそれであることは否定すべくもないだろう。彼の長広舌はまだまだ続く――

さて、君の伯母上は、思索好きだったにもかかわらず、賞賛に値すると思われる女性特有の直観のせいで、この種の純正科学から尻込みしてしまった。そして、彼女の経験は、女性が哲学を研究することは役に立たないどころか有害であることを示す、もう一つの証拠に（もう一つの証拠が必要ならばの話だが）僕には思われる。それは最高の女性的な資質を浪費し、非常に無能な哲学者を生み出すという結果を招く。君の伯母上の長所は、科学することではなく、ドイツ語の本など読んだことがないかのように、ずっと共感することだった。彼女の幸福は、君の母上の場合と同じように、家族と子どもたちのなかに存在していただろう。ところが、実際には、彼女の精神はそれ自体で大きくなるだけで、幸福になることもなければ、僕自身の苦い経験で知っていることだが、常に社会的孤立から生じる病的な内省から完全に自由になることもなかったのだ。

ここにもまた知的に優れた女性に対するアダムズの敵意にも似た反感が表明されていることは明らかだが、同時にまた、ギャスケルの伯母の「幸福」が「家族と子どもたち」との生活のなかにあっただろうという指摘は、女性の行動の基軸を「揺り籠と家族」と断じる彼の持論を思い出させずにはおかない。ドメスティック・イデオロギーに対するアンドロセントリスト・アダムズの執着ぶりを裏づけていると考えていいだろう。さらに、ギャスケルの伯母ウィリアムズ＝ウィンが終生独身だったということをアダムズが知っていたとすれば、それはかなり残酷な発言だったといわねばなるまい。二一世紀の現在であれば、「女性が哲学を研究することは役に立たないどころか有害である」という発言とともに、セクハラ疑惑で猛烈な批判にさらされることになったのではないだろうか。

このギャスケル宛の手紙に劣らず読者の興味をかき立てるのは、一八八五年の九月八日から一〇日にかけて開催されたアメリカ歴史協会の第二回年次大会の直後に、彼の私設秘書だったセオドア・ドワイト（Theodore Dwight, 1846-1917）に宛てて書いた九月一三日付の手紙だろう。「サラトガでは奇妙な学会だった。［会長］アンドルー・D・ホワイトと［アダムズの兄で歴史家］チャールズ・フランシス・アダムズの君臨は歴史にとって極めて破滅的だ」と第二パラグラフを書き始めたアダムズは、「われわれの学会運営にもっと歴史を持ち込まない限り、われわれが全知の獲得に大いに役立つことはないだろう、墓地の理論と女性のストーリーテリングの領域は別として」（Cater 153）と強い口調で述べているが、「墓地の理論（cemetery theory）と女性のストーリーテリング（female story-telling）」云々というのは一体何を意味しているのだろうか。

この手紙が示唆しているように、アダムズは前年の一八八四年に発足したばかりのアメリカ歴史協会の初代会長ホワイトの運営方針にかねてから反感を抱いていた。そのため親しい友人で外交官だったユージン・スカイラー（Eugene Schuyler, 1840-1890）の「外国の公文書館におけるアメリカ史の資料」（"Materials for American History in Foreign Archives"）と題する発表に関心があったにもかかわらず（すでに触れたように、彼自身スペインでの公文書館調査で苦労したことがあったので）、それを聞くこともなく早々に引き上げたことを手紙で告白しているが、そのホワイト会長が大会最終日に発表した「近代における彗星の理論の展開」（"The Development of the Modern Cometary Theory"）と題する非常に長いペーパーを拝聴したくなかったからに違いない。手紙の最後にアダムズが唐突に持ち出した「墓地の理論」というフレーズは、会長に対する鬱憤を晴らすために思いついた「彗星の理論」の語呂合わせ的なパロディだったのだ。*

さらに一層アダムズを苛立たせたのは、この年次大会のプログラムに女性歴史家ルーシー・メイナード・サーモン（Lucy Maynard Salmon, 1853-1927）の名前を発見したことだった。彼女は一八八三年にアナーバーのミシガン大学で修士号を取得し、一八八五年にアメリカ歴史協会の会員になったばかりだったが、一八八九年から没年までヴァッサー・カレッジの歴史学教授を務めただけでなく、アメリカ歴史協会の執行委員会のメンバーになった最初の女性でもあった。彼女が年次大会で読んだ「大統領の任命権の歴史」（"The History of the Appointing Power of the President"）と題するペーパーは、修士論文に基づくものだったが、その内容とは全く無関係に、女性歴史家が学会で研究発表をするという事実そのものが、学界に君臨する男性の歴史家たちの一人であるアダムズの不興を買ったのだった。

このエピソードに関して、伝記作家アーネスト・サミュエルズは「女性歴史家ルーシー・サーモンもまたプログラムに載っていたことは、大会の運営に対するアダムズの評価を高めることにはならなかった」（Samuels 1958: 270）と指摘しているが、この短いコメントを敷衍する形で、『ヘンリー・アダムズ夫人の教育』の著者ユージーニア・カレディンは「アメリカ歴史協会のプログラムに女性歴史家がリストされているのを発見して激高したアダムズは、ＡＨＡ［アメリカ歴史協会］を支配している理不尽な勢力に対して猛烈な抗議をした」（Kaledin 170）と述べている。歴史家アダムズにとって、女性歴史家は女性の領域である家庭に留まるべきであったにもかかわらず、学問としての歴史学という男性の領域に迷い込んできた厚顔無恥な存在、排除されてしかるべき不届きな存在であったのだ。

さらに、女性研究者の仕事をヘンリー・アダムズが「女性のストーリーテリング」として一方的に切り捨てたという事実もまた、しばしば「知の巨人」と評される歴史家でさえも、一九世紀末アメリカのアンドロセントリックな文化に毒されたミソジニストの一人であったことを裏づける、もう一つの証拠にほかならない。

＊アーネスト・サミュエルズの伝記 *Henry Adams: The Middle Years*（1958）では“cemetery theory and female story-telling”（p. 270）となっているが、三〇年後に出版された一巻本の *Henry Adams*（1989）では“cometary theory and female story-telling”（p. 199）に改変されている。その理由は不明だが、個人的にはアダムズの辛辣な当てこすりを示すものとして“cemetery theory”にこだわりたい。

かならないのだ。アーネスト・サミュエルズの伝記『ヘンリー・アダムズ』最終巻（一九六四年刊）の書評で、この「興味津々たる一冊」に登場する歴史家を "cold, arrogant, tough, irascible, egocentric, sentimental, brilliant Henry Adams"（冷酷で、傲慢で、頑固で、短気で、自己中心的で、センチメンタルで、才気縦横のヘンリー・アダムズ）と描写したのは、『楽園と機械文明』で知られるレオ・マークス教授だったが（qtd. in Grimes n.p.）、この一連の形容詞群に "androcentric" の一語を書き加えることが許されるなら、歴史家アダムズの実像がより一層明確になるのではあるまいか。

3　小説家ヘンリー・アダムズ

一八八〇年に小説『デモクラシー』を匿名で出版したヘンリー・アダムズは、一八八四年に二作目の小説『エスター』（*Esther: A Novel*, 1884）をフランセス・スノウ・コンプトン（Frances Snow Compton）という女性を装ったペンネームで発表する。初版の一千部を広告や書評などの前宣伝を一切しないで発行するように、彼は版元のヘンリー・ホルト社に要求したが、「この実験によって、ある種の書籍が特定の読者大衆を発見できるかどうか、その書籍が、それに内在する魅力によって、組織化されてはいないまでも共有されている同感の焦点となり得るかどうかを、アダムズは見極めようとした」（Decker 205）とウィリアム・メリル・デッカーは説明している。その実験のせいで、『エスター』は最初の一年間で僅か五一四部しか売れなかったといわれている（Dykstra 158）。

物語は一八八〇年秋、主人公の画家エスター・ダドリーが、ニューヨークの五番街に新しく建った聖ヨハネ教会で、従兄で地質学者のジョージ・ストロングと一緒に、ジョージの友人でもあるスティーヴン・ハザード尊師の説教を聞く場面から始まるが、エスターは高潔な説教よりも教会の装飾を担当した画家ウォートンの仕事ぶりに興味を抱いている。現在二五歳のエスターは、裕福な父親ウィリアム・ダドリーと何不自由ない生活をしているのだが、やがてダドリー氏が心臓病で他界し、それをきっかけにしてハザードと急速に親しくなったエスターは彼の求婚を受け入れる。だが、不信仰者の彼女が、教会に仕えるハザードとの結婚に不安を覚えて、悩み苦しむ姿をアダムズは執拗に追いかけているのだが、ここではアダムズのアンドロセントリストぶりに光を当てるために、画家としてのエスターの肖像を『エスター』の著者がどのように描いているかという問題を考えることにしたい。

画家エスターのモデルがクローヴァー・アダムズであることは衆目の一致するところだ。エスターの師匠格の画家ウォートンは彼女を評して、「第一に、彼女はスタイルが悪い」と指摘し、「彼女はほっそりしすぎて、痩せすぎている。いまにも壊れそうで、三流小説がいうところの柳腰の女で、半分に折ることができる小枝のようだ。彼女は身体に合わせてドレスを着ているが、ときどきやりすぎることがある。彼女の顔の造作は不完全だ。耳と声とトラウトのいる小川のような茶色の深みの一種をたたえた眼は別として、彼女には非常に優れた長所は何一つとしてない。［中略］彼女の心は顔と同じように不揃いで、どちらも同じ奇妙な性質を備えている」と語っている。

このウォートンの評言を引用した歴史家でジャーナリストのギャリー・ウィルズは「ウォートンによ

るエスターの描写にはクローヴァーのありのままの肖像と思われるものがある。クローヴァーは美人ではないけれど、知的な特殊性を持っている、とアダムズは以前、親友に語っていた」(Wills 621)と述べ、同じ個所を引用した伝記作家ナタリー・ダイクストラも「彼［アダムズ］による主人公の描写は、一〇年以上前に、婚約したことを報告するチャールズ・ギャスケルに宛てた手紙でのクローヴァーを傷つけるような描写と著しく似通っている」(Dykstra 153)と指摘している。ここで両者が言及している「親友」ギャスケルに宛てた一八七二年三月二六日付の手紙で、アダムズは「彼女はたしかにハンサムではないが、不美人と言い切ることもできない」と書いたり、同年五月三〇日付の手紙でも「君は彼女が気に入るだろうが、それは彼女が美しいからではなく――彼女はたしかに美人でないし、顔の造作が出っ張りすぎている――僕を引きつけている彼女の知性と共感力のせいだと思うよ」と語ったりしていたのだった。

さらに画家のウォートンはエスターの画家としての才能について「彼女は絵を描こうと努力しているが、二流のアマチュア(second-rate amateur)にすぎないし、それ以上になることは絶対にないだろう。僕自身が描きたかったと断言できるような作品を一つか二つ描いてはいるけれども」と語り、別の個所では、語り手が「ウォートンが話していたように、エスターは二流のアマチュアだった。ウォートンが一流のアマチュア以上に高く位置づけるような現役の芸術家がいたかどうかは疑わしい。彼の基準では、二流というのはまずまずの評価だった」と説明している。

アダムズが『エスター』を執筆していた一八八三年の晩夏から初秋にかけての時期(Dykstra 153)は、クローヴァーが写真に夢中になっていた時期でもあり、彼がキャメロン夫人に宛てた手紙に「妻は写真を撮る以外は何もしていない」と記したのも同年六月一六日のことだった。さらに、「ヘンリーが写真家としての彼女［クローヴァー］の仕事を褒めたとしても、そのことを示す証拠はない。だが、ヘンリー自身は数多くの写真を撮ってはいたが、彼が芸術としての写真をあまり重視していなかったことをわれわれは知っている」（Kaledin 192）と『ヘンリー・アダムズ夫人の教育』の著者カレディンが語っていることなどを考え合わせると、画家ウォートンが画家エスターに下した「二流のアマチュア」という評価は、小説家アダムズが写真家クローヴァーに下していた評価そのものだったと言い切っていいのではないか。「クローヴァーが写真に熱中していたことや、たくさんの成功した写真に満足していたことを考慮に入れると、小説のなかの彼女に相当する人物が『二流のアマチュア』以上になることは決してないということを読んで、彼女は落胆してしまったに違いない。もしかしたら、写真に身を入れすぎないほうがいいというヘンリーの警告として、彼女はこの小説を読んだかもしれない」（Dykstra 159）と伝記作家ダイクストラが論じていることを重要な証言として付け加えておこう。

画家エスターとそのモデルとしての写真家クローヴァーに対するアダムズのアンドロセントリックな視線を、読者は意識せざるを得ないのだが、クローヴァーに対する彼の「警告」は、彼女が一八八三年一一月に撮ったアメリカ歴史学界の長老ジョージ・バンクロフト（George Bancroft, 1800-1891）の写真をめぐって起こった騒動のときにも発せられていたのだった。

その写真にはバンクロフトが書斎の書き物机の前に座り、開かれた書物のページを左手で押さえながら、右手でメモを取っている姿が写っていた。この写真のことをヘンリーの友人のジョン・ヘイから聞いた有力誌『センチュリー・マガジン』の編集長リチャード・ワトソン・ギルダー（Richard Watson Gilder, 1844-1909）から、彼の雑誌の表紙に使わせて欲しいという申し出があり、クローヴァーも乗り気になっていたらしい。伝記作家ダイクストラによると、「彼女のカメラの評判が尊敬を集めているギルダーの耳にまで達したことを喜んでいた」クローヴァーは、そのことを父親に宛てた手紙（一八八四年一一月六日付）で報告していたにもかかわらず、その手紙と同じ日に、ギルダーの申し出を断った旨の手紙をヘンリーがヘイに書いていているというのだ（Dykstra 162-63）。

この件に関してヘンリーが取った行動の背景には様々な事情が働いていたらしいが、女性が表舞台に立つことを彼が極度に嫌っていたという事実を最大の理由として挙げることができるのではないか。ナタリー・ダイクストラは「ヘンリーはまた彼の妻にメディアの注目が集まることをとりわけ望まなかった。彼は因習を尊重した」（Dykstra 163）と説明しているが、ここでの「因習《コンヴェンション》」を「家庭性の崇拝」あるいは「揺り籠と家族」と読み替えれば、「彼は因習を尊重した」と断じる伝記作家の意味がより一層明確になるに違いない。アンドロセントリストとしての歴史家ヘンリー・アダムズが家庭を女性の領域と規定していたことは、これまでも何回か指摘してきたが、このバンクロフトの写真に対する彼の反応にもまた「ありふれた昔ながらのアンドロセントリックな考え」を聞きつけることは困難ではないのだ。

こうして、画家エスターのモデルとしての写真家クローヴァーの存在に読者は注意を奪われがちだが、小説『エスター』の主人公エスターには、同じ名前のもう一人のモデルがいることを忘れてはならない。エスター・ダドリーの名前には聞き覚えがある、とハザードが呟くのを耳にしたストロングが「彼女の父親は昔のピューリタンのダドリー一族の分家の生まれで、ホーソーンの短編のなかで出会ったその名前が気に入った」ので、生まれた娘をエスターと命名したのだ、と説明している。そのホーソーンの短編というのは、『トワイス・トールド・テールズ』第二集（*Twice-Told Tales*, vol. 2, 1851）に収録されている、四部構成の「総督官邸にまつわる物語」（"Legends of the Province House"）の最後を飾る「オールド・エスター・ダドリー」（"Old Esther Dudley"）を指している。

この短編の主人公の老女エスターは、独立戦争期のアメリカで生粋の英国支持派《ロイヤリスト》だったので、総督のウィリアム・ハウが立ち去った後でも、「衰亡した過去の完璧な代表者」として総督官邸に住み続け、やがて戦争が終結してマサチューセッツ州の初代知事ジョン・ハンコックが官邸に姿を見せたとき、朽木のように死に絶える。その直前にハンコック知事が彼女に「お前は過去の象徴だ」と語りかけ、「われわれは最早過去には住んでいない新しい種族の人間を代表している」と宣言している。このホーソーンの短編と小説『エスター』との関連について、エリック・ローチウェイは「新しいアメリカ人たちの間には老いたエスター・ダドリーのための場所はない。若いエスター・ダドリーの姿を借りて、彼女を前面に押し出すことによって、アダムズは、良くも悪くも、アメリカが追い越してしまった生活様式にこだわり続ける、『過去の象徴』である人物を作り上げた」（Rauchway 67）と説明している。だが、新旧二人のエスター・ダドリーが「過去の象徴」であるかどうかという議論はひとまず置くとして、ここでは二人の間に見られるもう一つの共通点に読者の注意を促したい。

ホーソーンの短編では、官邸に集まってきた町の子どもたちを相手に、年老いたエスターが「王冠が刻印された手作りのジンジャーブレッド」を振る舞いながら、遠い昔の「死に絶えた世界の話」を語って聞かせる様子が描かれている。「暗い神秘的な屋敷」から一歩踏み出した子どもたちは「古い時代に迷い込み、過去の子どもになったような」気分を味わった、と作者は説明し、「こうして、彼女は幼い客人たちを怖がらせることなく、その手を引いて彼女自身の孤独な心の部屋に導き入れ、そこに棲みついている亡霊たちを子どもの空想力に気づかせるのだった」とも語っている。

この短編「オールド・エスター・ダドリー」の場面に触発されたのか、『エスター』のヘンリー・アダムズは「可能な場合は週に一度、エスターは病院で子どもたちと一時間か、二時間過ごした」と述べて、子ども病院に入院している子どもたちにお伽話を読み聞かせるボランティア的な仕事に彼女を従事させている。「エスターの通常の仕事は彼ら［子どもの患者たち］に物語を話してやることだったが、その物語にイラストを付ければ効果が倍増することを経験から学んだので、彼女は話を続けながら、親しみやすい態度と高邁な徳性を備えた王様や女王様、妖精やサルやライオンの絵を描くのを習慣にしていた。このようにして、話をしながら絵を描いていたので、物語はゆっくりと展開して、何週間も何か月も時間がかかるのだった」とアダムズは説明している。

ある土曜日の午後、エスターが子ども病院の遊戯室でボランティア活動をしていたとき、彼女の叔母のマリー夫人と一緒にハザードが病院を訪れ、「目の前の光景が彼の記憶に突然の鮮明な印象を残した」と書かれている。それがその後の二人の男女の関係に影響を与える重要な光景だったことは否定できないだろうが、ここで問題にしたいのは、「二流のアマチュア」と評されていたエスターが子どもたちの遊戯室の画家となっている事実にほかならない。本書の第二章で取り上げた書評家ヘンリー・ジェイムズは、女性作家ルイーザ・メイ・オールコットを「子どもたちの小説家」と呼ぶことによって、彼女を一段低い位置に置き、その「幼児化」を試みていたのだったが、『エスター』におけるヘンリー・アダムズもまた、「二流のアマチュア」である女性画家エスター・ダドリーを子どもたちのための芸術家に仕立て上げることによって、彼女の「幼児化」を目論んでいるのではないか。またしても読者は歴史家アダムズの口から漏れた「あのありふれた昔ながらのアンドロセントリックな考え」をそこに聞きつけることができるのだ。

このようにして、アダムズは彼自身が書いた小説『エスター』のなかで女性画家エスターに対するアンドロセントリスト的偏見を明確に表明していると主張したいのだが、この主張を客観的に裏づけるために、ヘンリー・アダムズの言動をクローヴァーの視点から鮮やかに描いた現代アメリカ女性作家の小説を紹介させていただきたい。

『ワシントン・ポスト』のコラムニストだったサラ・ブース・コンロイ（Sarah Booth Conroy, 1927-2009）が一九九三年に出版した小説『愛の極み』（*Refinements of Love: A Novel about Clover and Henry Adams*, 1993）は、クローヴァー・アダムズが「まだ生まれていない受け取り人」（a correspondent yet unborn）に宛てた手紙の形式で書かれた書簡体小説で、彼女自身、「私はこの後世への手紙（Letters to Posterity）がヘンリーか私のどちらかが生きている間に読まれることを意図していない。これは私の人生の記録だ」と告白しているが、この一連の手紙のどこかで、彼女は「私たちの結婚も、私の人生も、地図のないまま袋小路に置き去りにされているように感じた」と嘆いている。一体何が彼女に「地図のないまま袋小路に置き去りにされているよう」な絶望感を抱かせたというのだろうか。

『愛の極み』の著者あとがきで、コンロイは「『デモクラシー』と『エスター』の作者はクローヴァーであると堅く信じて、私は『愛の極み』を書き始めた」と述べている。この小説には、コンロイの言葉どおりに、クローヴァーが実話小説《ロマン・ア・クレ》『デモクラシー』の作者として登場しているが、その本を彼女が出版しようとしていることを知ったアダムズは「ラファイエット広場の真ん中に立って、着衣を脱ぎ捨てるようなものだ」と叫んで、激しく反対する。さらに、クローヴァーが「多くの点で私の心に『デモクラシー』よりも」もっと近い」と形容する『エスター』が活字になったときも、アダムズの態度は変わらず、「ヘンリーは嘘をついて、私が『デモクラシー』と『エスター』を書いたことを激しく否定した」と彼女は語っている。

この点に関してコンロイは、やはり著者あとがきで、「『デモクラシー』と『エスター』は、時代の制約のために知識と才能を発揮できないでいる、十分な教育を受けた女性のジレンマを強く描いている。このような見方をアダムズが受け入れることはなかった。事実、彼は後期の著作のなかで、女性の価値は母親としての役割によって決まると述べているようだ」と指摘している。この発言は、すでに指摘したように、アンドロセントリスト・アダムズが『ヘンリー・アダムズの教育』で「揺り籠と家族」を重視していたことを指していると解釈していいだろう。

小説を書くことをアダムズに厳しく禁じられた結果、「私の創作意欲を満たす」ために写真に熱中することになったクローヴァーに、『愛の極み』の著者は「私にとって写真は芸術、人間の目の限界の彼方にある真実を見る手段だ。写真家は別のタイプの芸術家が鉛筆やペンや絵筆やペインティングナイフを使うようにカメラを使う」と語らせているが、写真に対する彼女の情熱を嘲笑うかのように、ある夜、彼女の仕事場である暗室に何者かが侵入して、乱暴狼藉を働くという事件が起こる。知らせを聞いた警察も捜査するが、犯人は一向に明らかにならない。だが、足の踏み場もなくなった暗室に駆けつけたクローヴァーが、血まみれの手をしたアダムズをドアの内側に見つけるという設定は、それが彼の自作自演の事件であって、彼の小説『エスター』の場合と同じように、「写真に身を入れすぎないほうがいいというヘンリーの警告」をクローヴァーはそこに聞きつけるべきだったのかもしれないのだ。

このほかにもコンロイの小説には、クローヴァーを診察するために安静療法で有名な精神科医S・ウィア・ミッチェルが登場する場面（ミッチェル博士については拙著『ヴィクトリアン・アメリカのミソジニー』〔小鳥遊書房、二〇二一年〕を参照されたい）やヘンリー・アダムズが同性愛者だったことを（真偽のほどはともかく）暴露する場面、それにクローヴァーの自殺が他殺だったかもしれないことを暗示する場面などが用意されていて、興味は尽きないが、ここではアダムズのアンドロセントリズムと深く関わっていると思わ

彫刻家ハイラム・パワーズの「ギリシャの奴隷女」と観客

れるクローヴァーの発言のいくつかに読者の注意を促しておきたい。

ある日、晩餐会に出席したクローヴァーは、ハイラム・パワーズ（Hiram Powers, 1805-1873）の彫刻「ギリシャの奴隷女」（"The Greek Slave"）を目にするが、そのときの印象を彼女は「ときどき私は自分が彼女のなかにいて、彼女の鎖だけでなく、彼女の大理石の体に阻まれた状態で、外の世界を眺めているように感じる。冷たい大理石が私の肉を凍えさせ、私の骨を堅くこわ張らせ、私の脳を石に変えて、動いたり、考えたり、関心を抱いたりする力が失われるのを私は感じる。［中略］たくさんの女性たちが同じように感じていることを私は知っている。女性たちは夫たちの奴隷になる」と説明し、アダムズとの関係においてもまた「私はメイドでも母親でも愛人でもない。彼の奴隷にすぎない」と嘆いている。

これとは別のコンテクストで、子どもに恵まれなかったために、「凍土帯《ツンドラ》のようなヘンリーの冷たさ」に苦しむクローヴァーは、「アダムズ家の男たちは、もっとたくさんのアダムズ家の男たちを産むために女たちは存在していると考えている」と言い放っているが、この彼女の言葉は、プロローグで引用した社会学者のレスター・ウォードが「女性は生殖の仕事には必要だが、人類を存続させるための手段にすぎず、それ以外の点では全体的な結果における取るに足らない付属的で偶発的な要因であるという見方」（Ward 292）と述べていたことや、ハーヴァード大学のサージェント教授が「女性は基本的には一定不変な目的のために創られていることは明らかだ。それは子どもを産むという目的だ」と語っていたことを思い出させはしないか。この女性の仕事は子どもを産むことだという発想は、ギルマンを引き合いに出すまでもなく、「あのありふれた昔ながらのアンドロセントリックな考え」にほかならないのだ。

クローヴァーはまた「私が私の夫と手をつないで同じ歩幅で歩くに値する」かどうかという話題に触れて、「そのようなことはこの一八八五年という年には許されないだろう。結局のところ、合衆国憲法がまだ一〇〇歳にさえ達していないのに、女性が人間で市民であるということをアメリカの男性が認めるようになるなどとどうして考えることができるだろうか。それには少なくともあと一〇〇年は必要だろう」と語っている。この彼女の歯に衣着せぬ発言は、一八八五年のアメリカがギルマンのいわゆる「男性が創った世界」、男性の価値基準を唯一無二の価値基準とみなすアンドロセントリズムの支配する世界であることを明らかにしている。その世界を代表する人物こそ、「知の巨人」と呼ばれる彼女の夫、ヘンリー・アダムズだったのだ。

では、そのアンドロセントリスト・アダムズが亡き妻クローヴァー・アダムズが眠る墓地に建てた「アダムズ・メモリアル」は、一体どのようなメッセージを発しているのだろうか。それはギルマンのいわゆる「アンドロセントリックな文化」の価値観を全面的に肯定するだけのメッセージなのだろうか。それとも、その神秘的なブロンズ像には思いがけない意味と意図が隠されているのだろうか。この興味ある問題を次章で考えてみることにしたい。

第六章

「アダムズ・メモリアル」の謎

1　ロック・クリーク墓地のブロンズ像

ダン・シモンズ（Dan Simmons, 1948- ）は世界幻想文学大賞、ヒューゴー賞など数々の文学賞を受けたアメリカのSF作家、ホラー作家だが、彼が二〇一五年に発表した長編小説『五番目のハート』（*The Fifth Heart*, 2015）は、名探偵シャーロック・ホームズが一八九三年三月、雨のパリで国籍放棄作家ヘンリー・ジェイムズと出会うところから始まる。ジェイムズが前年の一八九二年三月六日に妹アリスを亡くして落ち込んでいることや、この時点での彼の劇作家としての将来が決して明るくないことや、さらには一年後の一八九四年一月に友人コンスタンス・フェニモア・ウルスンがヴェネツィアで投身自殺を遂げ、その結果、彼が強い罪悪感に苛まれることなどを作者シモンズは第一章で丁寧に書き込んでいる。

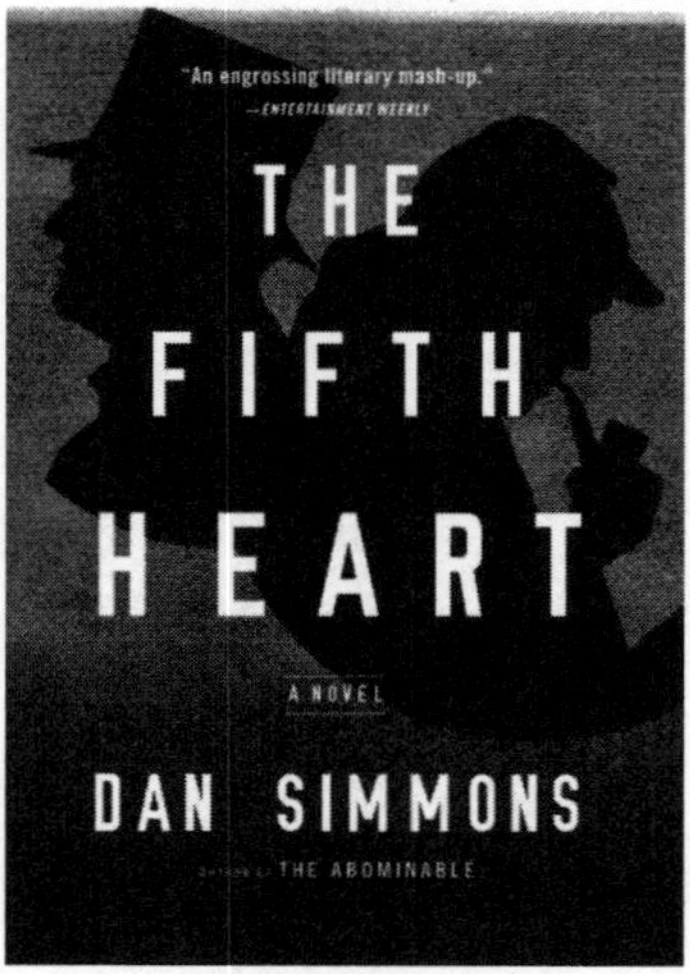

ダン・シモンズ
『五番目のハート』の表紙

　やがて架空の探偵シャーロック・ホームズと実在の作家ヘンリー・ジェイムがタグを組んで、ジェイムズの母国アメリカ合衆国に渡り、ヘンリー・アダムズの妻クローヴァーの自殺の謎を解明したり、シカゴで開催された万国博覧会（別名「ホワイト・シティ」）でテロリスト集団の陰謀を暴いたりすることになるのだが、このいささか荒唐無稽な冒険物語を紹介することは、ここでの目的ではない。ただ、『五番目のハート』という題名は、ヘンリー・アダムズとその妻クローヴァー、著名な政治家ジョン・ヘイとその妻クララ、地質学者で登山家のクラレンス・キング（Clarence King, 1842-1901）の五人が結成していた「ハートの5」（“Five of Hearts”）と呼ばれるグループの名前と関わっていることだけを参考までに付記しておこう。

『五番目のハート』の第五章で、首都ワシントンに姿を見せて、ヘンリー・アダムズと合流したジェイムズとホームズは、アダムズ自身の案内で馬車をロック・クリーク墓地に走らせる。クローヴァーが葬られている墓地に着いて、緑に囲まれた入り口を通り抜けた二人を出迎えたのは「ローブをまとった男性か女性の並みはずれて大きなブロンズ像だった」。語り手は「そのローブは像の頭部からずきん付きの僧衣《カウル》のように覆いかぶさり、陰に隠れている顔以外に見えるのは、むき出しの右腕と右手だけだった」という説明に続けて、つぎのように語っている――

この巨大なブロンズ像の人体の見える部分は男女両性的《アンドロギュノス》だった。上に挙げた前腕や頬と顎の下で閉じた指は逞しかったが、ブロンズ像自体は男性とも女性とも言えただろう。引き締まった頬、がっちりした顎、すっきりした鼻筋にはラファエル前派的な完璧さがあったが、このブロンズ像を古典的であれ何であれ、いかなる時代や流派の芸術からも引き離していたのは、その眼だった――悲しみに沈んでいるかのように瞼をふさぎ、瞑想に耽っているかのようにほとんど閉じられているが、完全に閉じられているわけではない眼だった。

『五番目のハート』では「ローブをまとった巨大なブロンズ像」をジェイムズとホームズが息を凝らして見詰めているのだが、この見事なブロンズ像こそ、自らの手で人生の幕を閉じた妻クローヴァーのために、ヘンリー・アダムズが一八八六年に著名な彫刻家オーガスタス・セント＝ゴーデンズ（Augustus Saint-Gaudens, 1848-1907）に制作を依頼した記念碑で、現在では「アダムズ・メモリアル」として知られ、セント＝ゴーデンズの最高傑作であることは衆目の一致するところだ。それは五年の長い歳月をかけてようやっと完成し、シモンズの小説が設定されている一八九三年の二年前の一八九一年に、ロック・クリーク墓地のE区画に建立されたばかりだった。

ローブをまとった
巨大なブロンズ像

すでに触れたように、自伝『ヘンリー・アダムズの教育』におけるアダムズは亡き妻について沈黙を守っているが、「アダムズ・メモリアル」については個人的な意見を遠慮なく述べている。「二〇年後（一八九二年）」と題する第二一章で、一八九二年二月に旅行先のフィジーからワシントンに帰ってすぐに「ロック・クリーク」という名の墓地へ、セント＝ゴーデンズが彼の不在中に作った青銅の像を見に出かけた」アダムズは、「当然のことながらすべての細かい事柄が彼の興味をひいた。あらゆる線、芸術家のあらゆる手際、光と影のあらゆる変化、描写のあらゆる点、興味や感情に対するセント＝ゴーデンズの正しさをできるだけ疑うこと、こういう興味が大きかったので、春が近づくにつれて、その像があたらしく何かを語らなければならないのかを見るために、たびたびそこへ足を止めがちになった」と述べ、「この像の面白みはその意味にはなくて、見るものの反応にあった」（"The interest of the figure was not in its meaning, but in the response of the observer."）とも語っている。

この神秘的なブロンズ像に関する疑問や質問にアダムズは様々な形で答えてもいるが、詩人で編集者のリチャード・ワトソン・ギルダーに宛てた一八九六年一〇月一四日付の手紙で「この像の意味と感情のすべてはその普遍性と匿名性にある。それに対する私自身の名前は『神の平安』だ」と述べている。他方、彫刻家セント＝ゴーデンズの死後、その息子ホーマー（Homer Saint-Gaudens, 1880-1958）に宛てた一九〇八年一月二四日付の手紙では、アダムズは「私のブロンズ像に名前を付けることを世間に許してはなりません！　雑誌記者は誰もかれも、一般消費のためのアメリカ製の特許医薬品か何かみたいに、それにラベルを貼りたがるのです――悲嘆（Grief）とか、絶望（Despair）とか、ペアーズ石鹸（Pears Soap）とか、メイシーズ百貨店のオーダーメイドスーツ（Macy's Suits Made to Measure）とかいったラベルを。貴君のお父上はそれが答えを出すのではなく、問いを発することを意図していたのです。答えを出す者は、スフィンクスの謎に答えた者たちと同じように、永遠に地獄に落とされるでしょう」と書き送っている。

クローヴァーの死から三二年後の一九一八年三月二七日にヘンリー・アダムズは人生の幕を閉じて、

ロック・クリーク墓地の彼女の傍らに葬られる。享年八一。一九〇八年一一月二七日に作成された遺言書には「私の遺体を亡き妻の傍らに埋葬することと、私がすでに建てた記念碑以外には、碑文も日付も文字もほかのいかなる追悼の試みも私たちの墓の上や近くに置いてはならないことを私は遺言執行者に指示する」(qtd. in Thoron 2011: 208)と書かれていた。

アダムズの死から五四年後の一九七二年三月一六日に、「アダムズ・メモリアル」はアメリカ合衆国歴史登録財(National Register of Historic Places)の指定を受けることになるが、前年の一一月二九日に受理された申請書の呼称の欄には、一般名(common name)としての「アダムズ・メモリアル」とは別に、歴史的名称(historic name)としてアダムズが忌み嫌っていた「悲嘆」(Grief)の文字が「神の平安」(The Peace of God)と共に記入されているのはアイロニカルとしか言いようがないだろう。この「悲嘆」という言葉は申請書のほかの欄にも何回か使われていて、その名称が一般に浸透していたことを物語っているが、この件については後でまた触れることになる。

ここで勝手ながら個人的回想に耽らせていただきたい。「アダムズ・メモリアル」が歴史登録財に指定されるよりも一〇年前の一九六一年から六二年にかけて、首都ワシントンにあるアフリカ系アメリカ人学生のためのハワード大学大学院に留学していたのだが、留学を「学を留める」と読み替える不届きな院生だったため、ロック・クリーク墓地にある「アダムズ・メモリアル」のことなど何一つ知らなかった。仮にそのことを知っていて、はるばるバスを乗り継いでロック・クリーク墓地にたどり着いたとしても、果たして無事に「アダムズ・メモリアル」を見つけることができたかどうか。

というのも、留学時よりも一〇数年後の一九七九年に出版された『クローヴァー』と題する本のプロローグで、著者のオットー・フリードリックは「今日では、アダムズ・メモリアル詣でをする人の数は多くない」と指摘し、つぎのようなエピソードを紹介しているからだ――

「その墓地がどこにあるかさえも知らない」とワシントンのタクシー運転手は言う。華氏八〇度の熱気のなかで緑色のニット帽を頭にかぶり、歯の抜けた歯茎に火のついていない葉巻をくわえている白髪の男で、八〇歳を迎えたヘンリー・アダムズの萎びた体がラファイエット広場の木陰をまだ歩いていた時代の生き残りだろうか。このタクシー運転手は地図を頼りに、やっとロック・クリーク墓地を見つけ、ぐるぐると走り回った挙句にやっとクローヴァーの墓を見つけることができる。坂道に駐車すると、運転手はタクシーのエンジンを切って、唾でふやけた葉巻にマッチで火をつけ、乗客たちが探索と確認の儀式を終えるのを素知らぬ顔で待っている。(Friedrich 12-13)

『クローヴァー』の著者と違って、シモンズの小説に登場するジェイムズとホームズは、アダムズの馬車でいとも簡単にロック・クリーク墓地を探し当てるのだが、この二人に続く形で現実に「アダムズ・メモリアル」に足を運んだのは一体どこの誰と誰だったのだろうか。その訪問者たちは「ローブをまとった巨大なブロンズ像」を前にして、一体どのような感慨を抱いたのだろうか。

2 「悲嘆」か「永遠の静寂」か

アメリカ中西部のミズーリ州出身のマーク・トウェイン（Mark Twain, 1835-1910）と、共にアメリカ東部生まれのアダムズ夫妻というのは、意外な取り合わせに思われるだろうし、トウェインが夫妻と出会ったという記録も残っていないようだ。

だが、トウェインの膨大な伝記を書いた公認伝記作家アルバート・ビグロー・ペインによると、一九〇五年にロビー活動のために首都ワシントンに滞在していたマーク・トウェインは、以前に「ワシントンのロック・クリーク墓地の静かな中庭に座っているブロンズ像の女性」の写真をペインから進呈されていたせいか、「寒々とした、曇り空の一二月のある日」の朝食後、突然、「馬車を手配してくれ。セント＝ゴーデンズのブロンズ像を見に行こう」（Paine 1351）と言い出したというのだ。伝記作家はつぎのように続けている——

私たちはヒマラヤスギに囲まれた小さな場所に足を踏み入れたが、そこには生と死という人類の最大の謎の芸術による至高の表現である暗い銅像が安置されている。私たちは発作的に帽子を脱いで、そこを立ち去るまで口を利かなかった。それから、彼は「あの男はあれを何と呼んでいる？」と聞いた。私は知らなかったが、シェイクスピアのあの偉大な台詞がそれに使われているのを耳にしたことがあったので、「あとは沈黙だ」と答えた。「しかし、あの像は沈黙なんかしていない」と彼は言った。やがて、馬車で帰る道すがら、「あれは悲しい事柄をめぐる深い瞑想に耽っている」とも。

すでに触れた『クローヴァー』の著者オットー・フリードリックは「クローヴァーの記念碑に悲嘆という最もよく知られた名前の一つを最初に付けたのはマーク・トウェインのようだった」(Friedrich 15)と述べているが、伝記作家ペインの記述から判断する限り、トウェインはアダムズ自身が嫌っていた「悲嘆」という言葉を使ってはいない。「悲しい事柄をめぐる深い瞑想に耽っている」(in deep meditation on sorrowful things)という発言がいつの間にか世間に誤り伝えられたのだろうか。

なお、後日談として、ニューヨークに帰ったトウェインは、ペインから貰っていた「アダムズ・メモリアル」の写真を額に入れて、ずっと自宅の炉棚に飾っていた、と伝記作家は伝えている(Paine 1351)。ロック・クリーク墓地で目の当たりにした「ローブをまとった巨大なブロンズ像」は、すでに同じ年に『人間とは何か』(*What is Man?*, 1906)を書き上げ、『不思議な少年』(*The Mysterious Stranger*, 1916)や『地球からの手紙』(*Letters from the Earth*, 1962)が死後出版されることになる晩年のトウェインを、生と死をめぐる「深い瞑想」に誘うことになっていたのかもしれない。

では、マーク・トウェインとは対照的に、アダムズ夫妻と非常に親しい関係にあったヘンリー・ジェイムズの場合はどうだったのだろうか。

クローヴァーの死から一か月後の一八八六年一月七日に書いたエリザベス・ブーツ宛ての手紙で「哀れなクローヴァー・アダムズの自殺」に触れたジェイムスは、夫ヘンリーの心情を思いやる言葉と共に、「彼女は遺伝性のメランコリーのために死亡した」と書き綴り、二か月後の二月六日には知人の編集者E・L・ゴドキンに「先日、哀れなアダムズ夫人は生きづらい人生に対する解決策を見つけた。言葉にできないほど可哀そうに思う」と書き送るなどして、生前のクローヴァーを偲んでいた。

だが、ジェイムズがロック・クリーク墓地の「アダムズ・メモリアル」に足を運んだのは一九〇五年一月のことだった（Dykstra 297）。正確な日付は不明だが、ワシントンのアダムズ家に滞在していたジェイムズがロック・クリーク墓地を話題にするのをためらっているのを見て、二人のヘンリーの共通の友人だったウィンスロップ・チャンラー夫人（Mrs. Winthrop Chanler, 1862-1952）が馬車で一緒に行くことを申し出てくれたのだった。夫人は『ローマの春』と題する回想記で「早春の冬のように寒い日だった。目的地に着いて、墓への道を見つけたとき、記念碑を取り囲む木々の枝に小雪がぱらつき、空は寒々としていた。ジェイムズ氏は希望や恐怖の彼方にあるあの大いなる静寂をいかなる近代美術の作品よりも具象化しているように思われる厳粛なブロンズ像の前に、帽子を脱いだまま、数分間立ち尽くしていた。彼は深く感動したようだった」（Chanler 302）と書き残している。

帰りの馬車のなかで、アダムズ家では口にしなかったアダムズ夫人のことを、ジェイムズが「才能豊かで魅力的な女性」だったと口を極めて褒めそやしたことに触れたチャンラー夫人は、「ジェイムズ氏から私はアダムズ夫人が美人ではなかったけれど、小柄で優雅で着こなしの良い女性だったことを知らされた。彼女を幸福にするために世界が与えることができるすべてを手にしていながら、彼女はそれを自分から進んで手放したのだった。あとは沈黙だった」(Chanler 302-303) とトウェインの伝記作家と同じ終わり方をしているのは、いかにも興味深いことに思われる。

だが、「アダムズ・メモリアル」の前に佇んでいたジェイムズ自身は一体はどのような感慨を抱いていたのか。読者としては想像をたくましくするしかないのだが、ジェイムズにとってクローヴァーは若いころからの親しい友人だったので、才気煥発な彼女を「ペティコートをはいた完璧なヴォルテール」と呼んだことや、短編「パンドラ」や「視点」でアダムズ夫妻をモデルにしたこと (Samuels 1958: 168-70) や、若き日のクローヴァーから『ある婦人の肖像』の着想を得たこと (Dusinberre 57) など、様々な思いが胸中を去来したに違いない。ついでながら、ウィリアム・デュシンベリーは「マリアン・フーパー [・アダムズ]」はイザベル・アーチャーよりも活発でソフィスティケートされているが、[中略] ジェイムズはイザベルにマリアンの特徴のいくつかを与えている」(Dusinberre 57) と説明している。

それに、「アダムズ・メモリアル」を訪ねる前に二回 (一八九四年五月と一八九九年五月で、三回目は二年後の一九〇七年五月だった [Gordon 366])、ジェイムズはコンスタンス・フェニモア・ウルスンが眠っているだけでなく、病に斃れたデイジー・ミラーが葬られたことになっているローマのプロテスタント墓地を参拝していたので、そこで彫刻家ウィリアム・ウィットモア・ストーリー (William Wetmore Story, 1819-1895) が妻エメリンのために制作した「悲しみの天使」(the angel of Grief) と呼ばれる彫像を目にしたことや、その彫像が彼の世評の高い中編小説『ジャングルの野獣』("The Beast in the Jungle," 1903) の結末の場面を思いつかせたことや、『ウィリアム・ウィットモア・ストーリーと友人たち』（*William Wetmore Story and his Friends*, 1903）と題する本を執筆し、そこに「私はプロテスタント墓地に置く記念碑を作っている。彼女［亡き妻］がそれを知るかどうか、それを見ることができるかどうか、私はいつも自分に問いかける。それは完全に絶望して、翼をすぼめ、葬儀の祭壇の上にうつ伏せになっている悲しみの天使を表現している」（James 1903: 324）というストーリーの言葉を引用したことなども思い浮かべていたかもしれない。

いずれにせよ、ウルスンの短編「ミス・グリーフ」にジェイムズ的人物として登場していたヘンリー・ジェイムズが、ローマの墓地でストーリーの彫刻「悲しみの天使」に出会い、首都ワシントンの墓地で「悲嘆」の名前でやがて知られることになる「アダムズ・メモリアル」に詣でるといった具合に、「悲しみ」や「悲嘆」を繰り返し目の当たりにするというのは運命の悪戯としかいいようがないだろう。

アメリカ合衆国第三二代大統領フランクリン・デラノ・ローズヴェルトの大統領就任式が執り行われたのは一九三三年三月四日のことだったが、その前日の三月三日午前七時五分に首都ワシントンのホテルを抜け出し、タクシーでロック・クリーク墓地に向かったフランクリンの妻エレノア・ローズヴェルトは、「全身をローブの襞に包まれた女性のブロンズ像」を見つめたまま、何分間も黙って座っていた、と夫人に同行した親しい友人のローレナ・ヒコックは回想している（Hickok 91）。

その銅像の「美しい顔、力強い顔」を見ながら、「その顔には人類が耐え忍ばなければならなかった悲しみのすべてが表現されていると私は感じた。その伏せた瞼の裏に熱い、刺すような涙を感じることができるほどだった」とヒコックは語っているが、やがて長い沈黙の後でエレノアが重い口を開いて、まだ若かったころ、夫フランクリンの不倫のせいで精神的に落ち込んだときに、「独りで、ここへきて、あの女の人を見つめて座っていた。そして、ここを立ち去るときは、いつも気分がいくらかよくなっていた。強くもなっていた。ここへは何度も、何度も足を運んだことがある」と打ち明けたのだった（Hickok 92）。

エレノアの伝記作家ブランチ・ウィーゼン・クックも「その何の標示もないヒイラギの木立のなかで『悲嘆』の像を凝視していたとき、彼女［エレノア］は彼女が送りたいと願っている類いの人生を生きる力を貸してくれる癒しの絆を見知らぬ他人と築いたのだった」(Cook 248) と説明している。なお、このエピソードは多くの研究者が取り上げていて、旧著『エロティック・アメリカ――ヴィクトリアニズムの神話と現実』（英宝社、二〇一三年）でも触れているので参照していただきたい。

だが、このエピソードよりも興味深く思われるのは、エレノア・ローズヴェルトが一九六二年に他界したとき、寝台のそばの書類のなかに、彼女がしばしば訪れた「アダムズ・メモリアル」を詠んだセシル・スプリング・ライス（Cecil Spring Rice, 1859-1918）のソネットが見つかったという事実ではあるまいか。

イギリス詩人ライスは一九一二年から一八年にかけて駐米大使を務めたことがある外交官でもあったが、問題の詩作品は「ロック・クリーク墓地におけるセント＝ゴーデンズの記念碑」（"The St. Gaudens Monument at Rock Creek Cemetery"）と題して一九一七年一一月に『アトランティック・マンスリー』に発表され、一九二〇年刊行の彼の詩集（*Poems*, 1920）に収められた二編のソネットのうちの一つで、最初の四行連句は "O steadfast, deep, inexorable eyes,/Set look inscrutable, nor smile nor frown!/O tranquil eyes that look so calmly down/Upon a world of passion and of lies!"（大意「おお、じっと見つめる、深く、容赦ない眼よ／謎めいた表情を崩さず、微笑むことも眉をひそめることもなく！／おお、激情と虚偽の人間世界を／かくも静かに見下ろしている穏やかな眼よ！」）となっている。この「穏やかな眼」の奥にヒコックは「熱い、刺すような涙」を感じ取り、その同じ眼に見入ることでエレノアは「見知らぬ他人」のブロンズ像と「癒しの絆」を結ぶことができたのだった。

イギリス詩人・外交官の「セント・ゴーデンズの記念碑」をめぐるソネットから一二年後に、もう一人のイギリス人の小説家ジョン・ゴールズワージー（John Galsworthy, 1867-1933）は、三部作『現代喜劇』（*A Modern Comedy*, 1929）を書き上げているが、そこに挿入されている『通りすがりの者たち』（*Passers By*, 1927）と題するインタールードには、アメリカ旅行中のある日、ロック・クリーク墓地に姿を見せた主人公ソームズ・フォーサイトの姿が描かれている。彼はその前日、娘のフルールや娘婿のマイケルと一緒に墓地を訪ねていたのだが、セント＝ゴーデンズのブロンズ像に心を打たれ、「ゆったりとした外套の頭巾の襞のなかの女性のあの巨大な緑がかったブロンズの座像は、彼を彼の魂の底まで運んでいくように思われた」と語り手は説明している。

翌日、その感動を再体験するために、たった一人で墓地にやってきて、ブロンズ像の正面に陣取ったソームズは、「自分だけの感動という贅沢を味わっていた」のだった。この「物欲の人」の感動ぶりを語り手はつぎのように説明している——

ある人はそれを「涅槃」と呼び、ある人は「アダムズ・メモリアル」と呼ぶ。彼には分らなかったが、いずれにせよ、そこにあるそれは、ナイアガラの滝で見た豊富な水量やニューヨークのあの摩天楼にもかかわらず、彼がアメリカで出会った最高のもの、彼に最大の喜びを与えてくれたものだった。彼は三回、あの三日月形の大理石のシートで姿勢を変え、そのたびに彼の感動は変わった。彼が今いるところからは、その女性は悲嘆の彼方へ過ぎ去っていた。〔中略〕赤いオークの木の葉が一枚、襟の折り返しの上に舞い落ち、もう一枚は膝の上に舞い落ちた。ソームズは払い除けなかった。このものの前にじっと座っているのは心地よかった！　週に一度はアメリカをここに座らせるべきだ！

このように満足しきったソームズは銅像に近づいて、「永遠の無の可能性を疑うかのように、緑色のブロンズの襞に手でそっと触れた」かと思うと、高貴な女性の銅像の前で、「顔の下半分を手に埋めた考える人の姿勢で身動きすることなく座った」りしている。

だが、そこに突然現れた若い男女が、ソームズの別れた妻アイリーンと彼の従弟のジョリオンとの間に生まれたジョンとその妻であることが判明する。ソームズの娘フルールはジョンに失恋したが、やっと立ち直って、准男爵家の子息マイケル・モントと結婚したという過去があったので、フルールがジョンと再会することになってはならない、と周章狼狽したソームズは、ロック・クリーク墓地から逃げるようにして立ち去ることを余儀なくされる。だが、ホテルに帰ったソームズはジョン夫妻だけでなく、元妻アイリーンまでもが同じホテルに泊まっていることを発見する。さらに娘夫婦と一緒に出掛けたマウント・ヴァーノンでも、ジョン夫妻の姿を見かける羽目になったため、ソームズは仮病を使ってフルールたちを連れ出すことにやっと成功する。さらにホテルに帰ったソームズは、昔と同じように美しいアイリーンがピアノを弾いている姿までも垣間見てしまうのだ。

この『通りすがりの者たち』は、一日中右往左往して疲れ果てたソームズが永遠で深遠な何かのなかに沈み込んでいる巨大なブロンズ像を思い浮かべながら、眠りにつく場面で終わっている。この個所は原文では "the great bronze-hooded woman, with the closed eyes, deep sunk in everlasting—profound—pro—!" となっているが、彼が眠りに落ちたために途切れた部分はどう完成すればいいのだろうか。ロック・クリーク墓地でソームズは「永遠の無の可能性を疑うかのように」銅像に手を触れていたが、この「永遠の無」(everlasting nothingness) の二語よりも、アイリーンの息子の妻アンが「永遠の静寂。これが私を悲しくするわ」とジョンに語りかけたときの「永遠の静寂」(everlasting stillness) という二語を拝借して、"everlasting-profound-pro (found-stillness)" と補うのがいいのかもしれない。

だが、眠りに落ちる直前にソームズが夢見ていたのは、すでに引用したゴールズワージーと同じイギリスの詩人・外交官が描写していた、ブロンズ像の「激情と虚偽の人間世界を／かくも静かに見下ろしている穏やかな眼」だったのではあるまいか、と個人的には考えたい。終日、浮世のしがらみに振り回されたソームズが身を置く「激情と虚偽の人間世界」は、ロック・クリーク墓地の「永遠の静寂」とあまりにも鮮やかなコントラストをなしているからだ。

3　アンドロジニーvsアンドロセントリズム

ここで遅ればせながら、「アダムズ・メモリアル」の制作を彫刻家オーガスタス・セント＝ゴーデンズにヘンリー・アダムズが委嘱し、それが完成してロック・クリーク墓地に出現する前後の様子を、エドワード・チャルファントその他による研究を踏まえながら紹介しておきたい。

クローヴァーの死から半年後の一八八六年六月四日、日本旅行に出発する直前にセント＝ゴーデンズのアトリエを訪ねたアダムズは、ロック・クリーク墓地の埋葬地に設置するブロンズ像について詳細に説明した。アダムズはたまたまアトリエに居合わせたモデルの男性に座った姿勢を取らせ、手近にあったアメリカ先住民の敷物を引っつかむと、それをモデルの頭からすっぽりかぶせるが、顔と右の前腕部だけは外から見えていて、右手は顔と顎に触れていた。右手にこだわったのは、アダムズを含めて右利きの人が多かったからだった。このポーズに満足したアダムズは彫刻家に "There you are."（「こんな具合さ」）と語りかけたとも、"I've got it."（「うまくいった」）と呟いたとも伝えられている（Chalfant 1994: 514, 847-49 note41）。

さらに続けてアダムズは彫刻家に四つの要求をしている。それは①像は神性（divinity）を暗示しないこと。②像は完全な静寂、動きの欠如、とりわけ精神的なやすらぎ（calm）やくつろぎ（repose）を表現する形にすること。③像は男女両性的（male-and-female）で、人間の性別のいずれにも属さず、その両方に属していて、像を見る者の誰にも合致するような効果を持つこと。④アダムズが像のための厳密な提案（exact idea）をしたことは秘密であって、その秘密を守るために、セント＝ゴーデンズは依頼主が一般的な提案（general idea）をしただけで、それ以外は完全な自由を与えてくれた、と発表すること、という要求だった（Chalfant 1994: 514）。エドワード・チャルファントは、「セント＝ゴーデンズは誰が報酬を支払うかを知っている熟達した芸術家だった」ので、「像のためのヘンリーの提案を全面的に受け入れた」（Chalfant 1994: 514-15）と説明している。因みに、アダムズが彫刻家に支払った報酬は二万ドルだった。

アダムズが提示した四つの要求のうち、①の神性の排除に関しては、アダムズがブロンズ像の名前は「神の平安」と言ったとき、「人知ではとうてい測り知ることのできない神の平安」という新約聖書「ピリピ人への手紙」第四章第七節の言葉を意識していなかったかもしれない。②の完全な静寂の表現に関しては、ゴールズワージーの『通りすがりの者たち』のアンが口にする「永遠の静寂」という表現は、それがロック・クリーク墓地のブロンズ像で実現されていることを暗示している。だが、現在の読者から見て最も興味深く思われる要求③はどうだろうか。

この像がクローヴァー・アダムズのための記念碑であるという先入観のせいだけでなく、スミソニアン博物館が「アダムズ・メモリアル」のレプリカを“Figure female”と分類しているような事情も働いて、それが男女両性を体現していることを実感するのは困難かもしれない。「アダムズ・メモリアルへの行きずりの訪問者は像を女性と見間違えて、それが男性と女性の両方であると思わない」（Chalfant 1994 : 850 note44）とエドワード・チャルファントは指摘しているが、すでに紹介したように、明らかに「行きずりの訪問者」だったソームズ・フォーサイトはもちろん、ロック・クリーク墓地に長年、足を運んでいたエレノア・ローズヴェルトまでも、問題のブロンズ像を女性と見誤っていたことに慧眼な読者は気づいていたに違いない。

だが、見間違いをしていたのはエレノアだけではなかった。エレノアの叔父の第二六代大統領セオドア・ローズヴェルト（Theodore Roosevelt, 1858-1919）もまた、大統領を退任する直前にホワイトハウスで開催された晩餐会で、「アダムズ・メモリアル」のブロンズ像を迂闊にも「女性」と呼び間違えてしまう。それを聞きとがめたヘンリー・アダムズは、その翌日に早速大統領に手紙（一九〇八年一二月一六日付）を書き送って、「［大統領在任最後の日である］三月四日以降に、私のブロンズ像に言及するようなことがあれば、セント＝ゴーデンズを正当に評価するために、彼の表現は性別が与えるよりも少し高いということに触れていただきたい。彼の意図はというと、彼は性別を排除して、それを人類という考えのなかに埋没させることを欲していた。あの像は中性《セックスレス》である」と主張している。「このコンテクストでは、ＨＡの“sexless”は女性ではない（*not a woman* 強調原文）を意味している」（Chalfant 1994: 850 note44）とチャルファントが註記していることを付け加えておこう。

だが、何よりも興味深いのは、オーガスタス・セント＝ゴーデンズの息子ホーマーが父の作品の「最も優れた評価の一つ」として挙げているガストン・ミジョン（Gaston Migeon, 1861-1930）の文章だ。ルーヴル美術館極東美術コレクションの初代学芸員だったミジョンは、一八九九年に雑誌『美術と装飾』（*Art et Decoration*）に「彫刻家オーガスタス・セント＝ゴーデンズ」（“Le Sculpteure Augustin Saint-Gaudens”）

と題する論文を発表しているが、「一人の女性が一枚岩を背にして、石のブロックの上に座っている」で始まる記述には「彼女は頭から足までゆったりとした外套で覆われている」とか「彼女の顎は手の上に置かれ、彼女の眼は伏せられている」とか「彼女は眠っているのではない。彼女は瞑想に耽っているのだ」とかいった具合に、一貫して代名詞には「彼女」が使われている。もしこの一文がヘンリー・アダムズの目に留まっていたとしたら、彼は「あの像はセックスレスである」と声を荒げたのではないだろうか。

このミジョンの論文から一世紀以上が過ぎた現在、ロック・クリーク墓地のブロンズ像はどのように受け止められているだろうか。アダムズの伝記作家チャルファントは一九九四年の時点で「この像が男女両性を表していることは、いずれそのうちに広く認められるだろう。注意深い訪問者たちは、二度見した後で、女性性が像の顔により明らかであり、男性性が右の前腕部により明らかであるという点で、特に意見が一致するだろう」(Chalfant 1994: 850 note44) と語っていたが、この章の冒頭で紹介した二〇一五年出版のダン・シモンズの小説には同じような記述がなされていたことを思い出していただきたい。

セント＝ゴーデンズの像をアンドロジナスとする見方が、チャルファントの期待どおりに、すでに現在では広く認められていることは、歴史学者デイヴィッド・S・ブラウンが二〇二〇年に上梓した『アメリカ最後の貴族』(*The Last American Aristocrat*, 2020) と題する本格的なヘンリー・アダム論において「大理石のブロックの上に座る屍衣をまとったアンドロジナスな人物の、オーガスタス・セント＝ゴーデンズによる見事なブロンズ像」(“Augustus Saint-Gaudens’s brilliant cast-bronze sculpture of a shrouded and androgynous figure resting on a granite block”) と述べていることからも明らかだろう。

これと類似した表現はネット上にも散見されていて、「ヘンリー・アダムの不幸な妻クローヴァーのためにオーガスト・セント＝ゴーデンズが刻んだアンドロジナスな哀悼の像」（"the lachrymose and androgynous Mourning Figure sculpted by August St Gudens [sic] for Henry Adams's unhappy wife Clover," *London Review of Books*: October 19, 1995）、「謎を秘めた、アンドロジナスな、忘れ難いブロンズ像」（"the enigmatic, androgynous, haunting bronze sculpture," *New York Times Magazine*: September 16, 2001）、「それはクローヴァー・アダムズではない。アンドロジナスで、無名の瞑想する精神だ」（"It is not Clover Adams, but a meditating spirit, androgynous, unnamed," *Washington Post*: November 25, 2001）、「カスケードのような屍衣の背後から凝視している、意図的にアンドロジナスな像」（"an intentionally androgynous figure peering from behind a cascading shroud," *Atlas Oscura*: July 23, 2013）、「アンドロジナスで、謎を秘め、屍衣をまとったブロンズ像が壁に彼／彼女の背をもたせかけて座っている」（"An androgynous, enigmatic shrouded bronze figure sits with his/her back against a wall," *RoadsideAmerica.com*）といった例は枚挙にいとまがないほどだ。

どうやら「アダムズ・メモリアル」はアンドロジナスなブロンズ像として立派に市民権を得ている、と言い切っていいようだが、今更ながら不思議に思えてならないのは、一九世紀アメリカ文化のアンドロセントリズムを全面的に肯定していたはずのヘンリー・アダムズが、一体なぜアンドロセントリズムの中核を占める伝統的なジェンダー規範を否定するアンドロジニーに深く関わるようになったのか、ということだ。それはアダムズの思想的転向を意味しているのだろうか。そのきっかけになったのはクローヴァー・アダムズの不自然な死だったのだろうか。

このような素朴な疑問をアダムズのよき理解者であるエドワード・チャルファントにぶつけてみたところ、返ってきたのはまことに意外で、期待はずれで、同じように素朴な回答だった。この伝記作家の説明によると、話はアダムズの少年時代にさかのぼる。父方の祖母ルイーザ・キャサリン・アダムズ（Louisa Catherine Adams, 1775-1852）は、ヘンリー少年と顔がよく似ていたこともあって、少年に深い愛情を注ぎ、少年もまた祖母の愛情に応えたのだったが、祖母が一八五二年に他界したとき、一四歳の少年の心に「彼女の死は極端な反応を引き起こした。少年は彼女と彼が一心同体（a single being）であると感じた。ヘンリーはこの考えを実践したと言うこともできる」（Chalfant 1994: 5　強調原文）とチャルファントは述べている。

さらに、この一文に付けた註記で「ＨＡのＬＣＡ［Louisa Catherine Adams］との一体感を示す最も顕著な証拠は、ある記念碑に対する彼のデザインである」と指摘するチャルファントは、その記念碑の「中心的な特徴が人間のブロンズ像である。その像はアンドロジナスである」と説明し、「彼の最も早い時期の経験の一つは、当然のことながら、彼自身とＬＣＡとの間の身体的類似に関する認識だった。この経験から女性的であると同時に男性的な像（a figure female-and-male）のデザインへの移行は、決して大きなジャンプではなかった。それとは正反対に、移行は定常的（stationary）だった」（Chalfant 1994: 648 note10）と補足している。

なお、一八三八年から六二年までのヘンリー・アダムズを扱った伝記『大西洋の両側』でも、問題のブロンズ像がアンドロジナスである点に触れたエドワード・チャルファントは、「それ［ブロンズ像］をアンドロジナスにするという衝動が、彼自身とＬＣＡとの完全な一体感に対するＨＡの初期の経験から生まれたことは明らかだ。『ヘンリー・アダムズの教育』のなかで、この一体感に触れたＨＡは、彼がＬＣＡと同じように半ば余所者（half exotic）だった、と述べている」と説明し、「ＨＡが言わんとしたのが、マサチューセッツで場違いな思いをしている点で、彼はＬＣＡと全く同じだったということは明白だった」（Chalfant 1982: 401-402 note21）と付け加えている。

「アダムズ・メモリアル」のアンドロジナスなブロンズ像の誕生をうながしたのが、ヘンリー・アダムズと亡き妻クローヴァーとの一体感ではなくて、彼と祖母ルイーザとの一体感だったというのだから、この記念碑がクローヴァーのために建立されたと聞かされていた読者にとっては、いささかショッキングな情報だったかもしれない。だが、アンドロセントリストとしてのアダムズを突き動かした動機が何であったにせよ、彼のデザインによってアンドロジナスなブロンズ像が出現したという意外な事実は否定すべくもない。

たしかに、通りすがりのイギリス人旅行者ソームズは、このブロンズ像を「彼がアメリカで出会った最高のもの、彼に最大の喜びを与えてくれたもの」と感じ、「週に一度はアメリカをここに座らせるべきだ！」とまで主張していた。同じイギリス人の詩人・外交官ライスはブロンズ像の「激情と虚偽の人間世界を／かくも静かに見下ろしている穏やかな眼」に心を打たれたのだった。悩み苦しむ大統領夫人エレノアは「悲嘆」の像を何回となく訪れて、強い癒しの絆を築いたのだった。ブロンズ像の生みの親のヘンリー・アダムズも「その像があたらしく何かを語らなければならないのかを見るために、たびたびそこへ足を止めがちになった」のだった。

だが、首都ワシントンの一角を占めるロック・クリーク墓地の一隅に忽然と出現していたのが、一九世紀末アメリカに瀰漫していたアンドロセントリズムとその価値観と真っ向から対立するアンドロジナスなブロンズ像だったことに誰が気づいていただろうか。「すべての大芸術家のように、セント゠ゴーデンズはただ鏡をかかげただけであった」と『ヘンリー・アダムズの教育』の著者アダムズは語っていたが、その鏡にくっきりと映っていたのが、男女平等が実現して、ジェンダーバイアスが排除された理想のアメリカ社会のメタファーとしての「アダムズ・メモリアル」だったとは、アダムズ自身も気づいていなかったのではないだろうか。

最後に、小著『ヴィクトリアン・アメリカのミソジニー――タブーに挑んだ新しい女性たち』に登場していた三人のフェミニストたちは、もし一八九一年に建立された「アダムズ・メモリアル」を見学する機会があったとしたら、一体どのような反応を示しただろうか、という仮定の問題を考えておきたい。

死後に『両性具有者』(*The Hermaphrodite*, 2004) と題して出版されることになる未完の小説原稿を書き溜めていたジュリア・ウォード・ハウ (Julia Ward Howe, 1819-1910) と、一八九五年に論文「子宮無形成の症例」("Case of Absent Uterus") を発表したメアリー・パットナム・ジャコービ (Mary Putnam Jacobi, 1842-1906) にとって、カーラ・ヴィテルの言葉を借りれば、「両性具有性」は「ジェンダー平等が具体化した社会のメタファーだった」(Bittel 153) のだから、セント゠ゴーデンズのアンドロジナスなブロンズ像を目撃した二人は雷に打たれたような衝撃を味わったに違いない。本書のプロローグで触れたように、アンドロセントリックなアメリカ文化を厳しく批判する『男性が創った世界』を発表したシャーロット・パーキンズ・ギルマンが、アンドロジナスなブロンズ像を目の当たりにしたときに示しただろう反応については改めて書き立てるまでもないだろう。この三人の女性たちがやがて女性参政権運動に身を投じることになるのは、ロック・クリーク墓地のアンドロジナスなブロンズ像が象徴している「ジェンダー平等が具体化した社会」を希求していたからにほかならなかったのだ。

エピローグ

ポケットを奪われた女性たち

一八九九年八月二八日付の『ニューヨーク・タイムズ』は“WORLD’S USE OF POCKETS; Men’s Clothes Full of Them, While Women Have but Few. Civilization Demands Them”（世界のポケット使用量。ポケット満載の紳士服vs.微々たる数の婦人服。文明はポケットを要求する）という見出しを掲げて、「男性のポケットは文明の進歩とともに発達し、改善され、増加した。女性は事実上後退して、地位とポケットを失っている」と主張する記事を載せているが、「われわれが文明化するにつれて、われわれはより多くのポケットを必要とする。ポケットが発明されて以来、ポケットのない国民が偉大になったためしはない。ポケットレスの状態である限り、女性はわれわれに対抗することができない」と書く記者のセクシスト的偏見は否定すべくもないだろう。世紀末アメリカの文化がアンドロセントリック的だったことを如実に物語る記事だった。

この記事から数年後の一九〇五年三月五日に、シャーロット・パーキンズ・ギルマンは同じ『ニューヨーク・タイムズ』に「なぜこんな衣服？」（“Why These Clothes?”）と題する一文を寄せている。それは日頃から着慣れている衣服をなぜ着ているかを問い直す必要があるのではないか、と訴えるエッセイで、一例として「男性の衣服が重くて暑苦しい」という事実を挙げた彼女は、「男性の衣服には一つだけ優れている点があって、その重要性はしばしば注目されてはいるが、決して十分とは言えない——それは男性の衣服がポケットに対応している点だ」と述べている。他方、「女性は、ときどき衣服に縫い付けたり、結びつけたり、手で振り回したりして、バッグを持ち歩くが、バッグはポケットではない」と語る彼女は、つぎのように続けている——

女性のバッグは小さいと、少ししか物が入らないので、あまり役に立たない。大きいと、たくさんの物が入るが、必要な物を見つけるのが厄介になる。男性的な意味でのポケットはこぎれいでフラットで垂直な小物入れ《ポーチ》で、形と位置が保たれているので、慣れ切った手はそこへ直感的にさっと伸びることができる。［中略］男性のポケットは、その周りの衣服が変わっても、サイズも形も位置も同じままだ。ポケットの数と種類が多いせいで、いろいろな小物を簡単に持ち運びできるので、女性と比べると、男性はずっと用意万端整った状態になっている。

このエッセイをギルマンは「虫様突起は私たちの体内でゆっくりと縮小しているが、その消滅を早めることは私たちにはできない。だが、いにしえの死者たちに付随していた服装の習慣の衰退し続ける痕跡を身に着けることなどは、拒絶してもいいのではないだろうか」と歯切れのいい口調で結んでいる。だが、男性のポケットをしきりに礼賛することによって、彼女は「ポケットレスの状態である限り、女性はわれわれに対抗することができない」という『ニューヨーク・タイムズ』の記者の発言を肯定する結果になっているのだ。

さらに一〇年後の一九一四年にギルマンが発表した短編「もしも私が男だったら」（"If I Were a Man," 1914）でも、常日頃から男になりたいと心の底から願っていた平凡な主婦のモリーが、ある朝、突然、夫のジェラルドに変身してしまうが、夫の服に付いているポケットは「全く新しい経験だった。もちろん、それがそこにあることを彼女は知っていて、その数を数えたことも、揶揄したことも、繕ったことも、羨ましく思ったことさえあったが、ポケットを持つということがどんな感じなのか、夢にも考えたことがなかった」（強調原文）と語り手は説明している。そのポケットのなかにはシガーケース、万年筆、鍵、鉛筆、手紙、書類、手帳、札入れなど、すぐに手に届いて、緊急事態に対応できる品々が詰まっていたので、モリーは「生まれてこの方、一度も味わったことのないパワーとプライドの意識」がどっと押し寄せてくるのを感じた、と書かれている。この短編においてもまた、ギルマンは「ポケットの数と種類が多いせいで、いろいろな小物を簡単に持ち運びできるので、女性と比べると、男性はずっと用意万端整った状態になっている」という彼女自身の主張を繰り返しているといえるのだ。

では、翌一九一五年にギルマンが個人雑誌『先駆者』に一年間連載したユートピア小説『ハーランド』の場合はどうだろうか。

この作品は女性だけのユートピア的空間に迷い込んだ三人のアメリカ人青年の非日常的な冒険を描いているが、その冒険の初期の段階で、ハーランダーたちの「非常にシンプルだが、極めて快適な」日常服を着用することを余儀なくされたとき、それが「非常に実用的な衣服」でもあることを三人が揃って認めるというエピソードが第三章で紹介されている。しかも、その衣服は着心地がいいだけでない。大小様々なポケットがいくつも使い勝手のいい位置に取り付けられていることに気づいて、三人は驚嘆するというのだが、見知らぬ土地での不慣れな体験だったとはいえ、女性の衣服にポケットが付いているといった程度の単純な事実に、三人のアメリカ人青年が吃驚仰天したのは、『ニューヨーク・タイムズ』の記事が書き立てていたように、一九世紀アメリカの女性のドレスからはポケットが完全に欠落していたからだった。

SF小説『ハーランド』におけるギルマンは、ハーランダーたちの衣服に「こぎれいでフラットで垂直な小物入れで、形と位置が保たれているので、慣れ切った手はそこへ直感的にさっと伸びることができる」と説明されていた男性のポケットに匹敵するようなポケット、あるいは男性のポケット以上に便利で使い勝手のいいポケットを取り付けることによって、「ポケットレスの状態である限り、女性はわれわれに対抗することはできない」という新聞記者の発言に挑戦している。だが、それはあくまでもフィクションの世界での設定であって、三人のアメリカ人青年が住んでいたアメリカでは、依然として女性のポケットレスな状態が継続していたことは否定できない。

そうだとすれば、一八九四年四月のある日、ヘンリー・ジェイムズが亡くなったウルスンのドレスの束をヴェネツィアの潟に沈めようとしたというエピソードは、本書のプロローグでも紹介したが、その「黒い風船のように膨らんだドレス」のいずれにもポケットは付いていなかったのではないか。一八八〇年に出版されたヘンリー・アダムズの小説『デモクラシー』では、主人公のリー夫人の妹シビルのためにパリの著名なオートクチュール、シャルル・フレデリック・ウォルトが「六月の夜明け」と名づけたドレスを提供する（実はダオメー王国の愛妾のために制作したドレスの複製だったのだが）場面が用意されているが、このアダムズが苦心して描写している「六月の夜明け」もまたポケットレスなドレスだっただろうことは容易に想像できる。

だが、世紀転換期のアメリカ社会において、女性の衣服からポケットが欠如していたのは一体なぜだろうか。この奇妙な現象はアメリカ文化がアンドロセントリズムに支配されていたことと何らかの形で関わっているのだろうか。雑誌『ファースト・カンパニー』で「ポケット格差」を論じた同誌の編集者エリザベス・セグランは、「女性にポケットを拒絶することによって、女性は社会において建設的な役割を果たしていないということをあなたは主張している。換言すれば、衣服にポケットを付け加えないことは、女性の居場所が外の世界ではなくて、家庭であるというメッセージを女性に送っていることになる」と主張し、「これは女性が行動することを許されている公的な空間をめぐる問題と関わっている。もしあなたもまた女性の居場所は家庭であると信じているなら、女性が衣服にポケットを取り付けることに何の意味があるのだろうか」と問いかける歴史家ハンナ・カールソンの言葉を引用している（Segran n.p.）。

これまでも繰り返し指摘してきたように、アンドロセントリックなアメリカ社会は、女性の居場所は家庭であるというメッセージを女性に押し付けてきた。エリザベス・セグランやハンナ・カールソンの主張に従うならば、女性の衣服がポケットレスであるということは、女性の居場所が家庭であるということを意味しているのであり、逆に女性の居場所が家庭である限りは、女性の衣服にポケットを付ける必要がないということにならざるを得ない。本書の第五章で紹介したギルマンの「男性が創った家庭」という「独裁君主国」では、「家長」としての男性が「シガーケース、万年筆、鍵、鉛筆、手紙、書類、手帳、札入れ」を押し込んだポケットに、おのれ自身の両手までも突っ込んでふんぞり返っている傍らで、掃除や洗濯などの家事には「シガーケース、万年筆、鍵、鉛筆、手紙、書類、手帳、札入れ」は必要でないと考えられたため、ポケットが付いていない衣服に身を包んだ女性は、その男性の妻として「家庭」という名のドメスティック・サークルに閉じ籠ることを余儀なくされたのだ。

もしコニーとクローヴァーの二人が、例の三人のアメリカ人青年たちと一緒に、ギルマンが築き上げた女性だけの国ハーランドを訪れて、ポケットがいくつも付いた衣服を目にする機会があったとしたら、一体どのような反応を示しただろうか。そして、その一九一五年に誕生したユートピア的空間において否定されたはずのアンドロセントリズムが、二一世紀の現在においてもなお、女性の本質的な能力を評価しようとしないルッキズムや上から目線で説教するマンスプレイニングという形で蔓延し続けているのを知ったとしたら、二人の女性芸術家は一体どのような感慨を抱いただろうか。

結局のところ、アメリカ女性の衣服からポケットを奪ったのは、男性の価値基準が世界の価値基準であると信じて疑わない、二人のヘンリーのようなアンドロセントリストとしてのアメリカ人の男性たちだったのだ。その二人の偉大なヘンリーと時代を共有した二人の女性芸術家を不自然な死に追いやったのも、女性の居場所としての家庭に才能豊かでクリエイティブな女性を幽閉しようとするアンドロセントリックな勢力だったのではないか。絶対的な男性の価値基準によって存在を否定された小説家ウルスンと写真家アダムズは、アメリカ文化に深く根を下ろしたアンドロセントリズムの犠牲者として人生の幕を閉じることを余儀なくされたに違いないのだ。

まことに残念ながら、ここまでアンドロセントリック・アメリカの現実を考えてきた者としては、不自然な死を遂げた二人の女性芸術家の悲劇は、とりもなおさずアンドロセントリック・アメリカの悲劇だったということを再確認する形で、このささやかな一冊を書き終えるしかないのだ。

引用・参考文献

Abney, William de Wiveleslie. *A Treatise on Photography*. New York: Appleton, 1878.

Adams, Henry. *Democracy: An American Novel. Novels, Mont Saint Michel, The Education*. New York: Library of America, 1983: 1-184.

——. *The Education of Henry Adams*. Ed. With an introduction by Ernest Samuels. Boston: Houghton Mifflin, 1973. 『ヘンリー・アダムズの教育』刈田元司訳、八潮出版社、一九七一年。

——. *The Education of Henry Adams*. Ed. With an introduction by Ira B. Nadel. Oxford: Oxford UP, 1999.

——. *Esther: A Novel. Novels, Mont Saint Michel, The Education*. New York: Library of America, 1983: 185-335.

——. *History of the United States of America during the Administrations of Thomas Jefferson*. New York: Library of America, 1986.

——. *The Letters of Henry Adams*. Ed. J.C. Levenson et al. 6 vols. Cambridge: Belknap Press of Harvard UP, 1982-1988.

——."Primitive Rights of Women." *Historical Essays* by Adams. New York: Scribner's Sons, 1891: 1-41.

Alcott, Louisa May. *Eight Cousins*. Boston: Roberts Brothers, 1875.

——. *A Garland for Girls*. Boston: Roberts Brothers, 1887.

——. *Moods*. Ed. Sarah Elbert. New Brunswick: Rutgers UP, 1996.

"Androcentrism." *Wikipedia*. Accessed Nov. 1, 2024.

Benedict, Clare. *Constance Fenimore Woolson*. London: Ellis, 1930.

Bittel, Carla. *Mary Putnam Jacobi and the Politics of Medicine in Nineteenth-Century America*. Chapel Hill: U of North Carolina P, 2009.

Boyd, Anne E. *Writing for Immortality: Women and the Emergence of High Literary Culture in America*. Baltimore: Johns Hopkins UP, 2004.

Brander, Ina Franziska. "Madness and Women in Charlotte Perkins Gilman's 'The Yellow Wallpaper,' Sylvia Plath's *The Bell Jar*, and Margaret Atwood's *Surfacing*." Diplomarbeit. University of Vienna, 2008.

Brown, David S. *The Last American Aristocrat: The Brilliant Life and Improbable Education of Henry Adams*. New York: Scribner, 2021.

Bryan, Rebecca. *Becoming Fenimore*. Heathcliff Publishing: 2015.

Carroll, Lewis. *The Hunting of the Snark*. New York: Macmillan, 1898.

Cater, Harold Dean. *Henry Adams and his Friends: A Collection of his Unpublished Letters*. Boston: Houghton, Mifflin, 1947.

Chalfant, Edward. *Better in Darkness: A Biography of Henry Adams—His Second Life 1862-1891*. Hamden: Archon Books, 1994.

——. *Both Sides of the Ocean: A Biography of Henry Adams—His First Life, 1838-1862*. Hamden: Archon Books, 1982.

Chanler, Margaret. *Roman Spring: Memoirs*. Boston: Little, Brown, 1934.

Cheney, Ednah D, ed. *Louisa May Alcott: Life, Letters, and Journals*. New York: Gramacy Books, 1995.

Conroy, Sarah Booth. *Refinements of Love: A Novel about Clover and Henry Adams*. New York: Pantheon Books, 1993.

Cook, Blanche Wiesen. *Eleanor Roosevelt*. Vol. 1: 1884-1933. 1992. New York: Penguin Books, 1993.

Cooke, George Willis, ed. *The Poets of Transcendentalism: An Anthology*. Boston: Houghton, Mifflin, 1903.

Crane, Anne Moncure. *Emily Chester: A Novel*. Boston: Ticknor and Fields, 1864.

Daugherty, Sarah B. *The Literary Criticism of Henry James*. Athens: Ohio UP, 1981.

Davidson, Cathy N., and Linda Wagner-Martin, eds. *The Oxford Companion to Women's Writing in the United States*. New York: Oxford UP, 1995.

Dean, Sharon L. *Constance Fenimore Woolson: Homeward Bound*. Knoxville: U of Tennessee P,1995.

Decker, William Merrill. *The Literary Vocation of Henry Adams*. Chapel Hill: U of North Carolina P, 1990.

Dusinberre, William. *Henry Adams: The Myth of Failure*. Charlottesville: U of Virginia P, 1980.

Dykstra, Natalie. *Clover Adams: A Gilded and Heartbreaking Life*. Boston: Houghton Mifflin, 2012.

Edel, Leon. *Henry James: The Middle Years 1884-1894*, vol.3 of *The Life of Henry James*. London: Rupert Hart-Davis, 1963.

Friedrich, Otto. *Clover*. New York: Simon Schuster, 1979.

Galsworthy, John. *Passers By. Two Forsyte Interludes: A Silent Wooing, Passers By*. New York: Charles Scribner's Sons, 1928:31-60.

Gentry, Amy. "'Constance Fenimore Woolson' gives 19th century novelist second look." *Chicago Tribune*. May 9, 2019.

Gilman, Charlotte Perkins. *Herland. Herland and Selected Stories by Charlotte Perkins Gilman*. Ed. With an introduction by Barbara H. Solomon. New York: Signet Classic, 1992: 1-146.

——. “If I Were a Man.” *Herland and Selected Stories by Charlotte Perkins Gilman*. Ed. With an introduction by Barbara H. Solomon. New York: Signet Classic, 1992: 302-308.

——. *The Man-Made World; or, Our Androcentric Culture*. New York: Charlton, 1911.

——. “That Obvious Purpose.” *The Forerunner*. Vol. 2 (1911): 162.

——. “Why These Clothes?” *New York Times*. March 5, 1905.

Gordon, Lyndall. *Henry James: His Women and His Art*. Revised Edition. London: Virago, 2012.

Gorra, Michael. *Portrait of a Novel: Henry James and the Making of an American Masterpiece*. New York: Liveright, 2012.

Grimes, William. “Ernest Samuels, 92, Author of Henry Adams Biography.” *New York Times*, Feb.15, 1996.

Habegger, Alfred. *Henry Jame and the “Woman Business.”* Cambridge: Cambridge UP, 2004.

Hawthorne, Julian. *Shapes That Pass: Memoirs of Old Days*. Boston: Houghton Mifflin, 1928.

Hawthorne, Nathaniel. “Old Esther Dudley.” *The Complete Short Stories of Nathaniel Hawthorne*. New York: Hanover House, 1959: 146-53.

Hickok, Lorena A. *Eleanor Roosevelt: Reluctant First Lady*. 1962. New York: Dodd, Mead, 1980.

James, Alice. *The Diary of Alice James*. Ed. with an introduction by Leon Edel. New York: Dodd, Mead, 1964. 舟阪洋子・中川優子訳『アリス・ジェイムズの日記』英宝社、二〇一六年。

James, Henry. *The Complete Notebooks of Henry James*. Ed. Leon Edel and Lyall H. Powers. New York: Oxford UP, 1988.

——. “Honore de Balzac.” *Galaxy* 20 (December 1875): 814-36.

——. “Eight Cousins; or, The Aunt-Hill.” *The Nation* (Oct. 14, 1875): 250-51.

——. “Emily Chester: A Novel.” *Notes and Reviews* by Henry James. Cambridge: Duster House, 1921: 37-48.

——. *The Letters of Henry James*. Ed. Leon Edel. 4 vols. Cambridge: The Belknap Press of Harvard UP, 1974-1984.

——. ”Miss Alcott’s ‘Moods.’ *Notes and Reviews* by Henry James. Cambridge: Duster House, 1921: 49-58.

——.“Miss Constance Fenimore Woolson.” *Harper’s Weekly*, 31 (Feb. 12, 1887): 114-15.

——. “Miss Woolson.” *Partial Portraits*. London: Macmillan, 1888: 177-92.

——. “Miss Prescott’s Amber Gods.” *North America Review* 97 (Oct. 1863): 568-70.

——. “Miss Prescott’s ‘Azarian’.” *Notes and Reviews* by Henry James. Cambridge: Duster House, 1921: 16-32.

——. “Notes.” *Nation*, January 30, 1873: 75.

——. “Pandora.” *The Novels and Tales of Henry James*. Vol. 18. New York: Scribner, 1937: 97-168.

——. *The Portrait of a Lady*. 1881. Harmondsworth: Penguin Books, 1974.

——. *William Wetmore Story and His Friends: From Letters, Diaries, and Recollections*. Boston: Houghton, Mifflin, 1903.

Kaledin, Eugenia. *The Education of Mrs. Henry Adams*. Philadelphia: Temple UP, 1981.

Keyser, Elizabeth Lennox. *Whispers in the Dark: The Fiction of Louisa May Alcott*. Knoxville: U of Tennessee P, 1993.

Lears, Jackson. *No Place of Grace: Antimodernism and the Transformation of American Culture 1880-1920*. New York:

Pantheon Books, 1981.

Lee, Vernon. "Lady Tal." *Daughters of Decadence: Women Writers of the Fin-de-Siecle*. Ed. Elaine Showalter. New Brunswick: Rutgers UP: 1993: 192-261.

Liming, Sheila. "An Impossible Woman: Henry James and the Mysterious Case of Anne Moncure Crane." *American Literary Realism*, Vol. 49, No. 2 (Winter 2017): 95-113.

Lodge, David. *Author, Author*. 2004. New York: Penguin Books, 2005.

Maguire, Elizabeth. *The Open Door*. New York: Other Press, 2008.

Manne, Kate. *Down Girl: The Logic of Misogyny*. London: Penguin Books, 2019.

Migeon, Gaston. "Le Sculpteur Augustin Saint-Gaudens." *Art et Decoraion*, 1899: 43-49.

Murphy, Geraldine. "Northeast Angels: Henry James in Woolson's Florida." *Witness to Reconstruction: Constance Fenimore Woolson and the Postbellum South, 1873-1894*. Ed. Kathleen Diffley. Jackson: UP of Mississippi, 2011: 232-48.

Moore, Rayburn S. *Constance Fenimore Woolson*. New York: Twayne, 1963.

Novick, Sheldon M. *Henry James: The Mature Master*. New York: Random House, 2007.

O'Toole, Patricia. *The Five of Hearts: An Intimate Portrait of Henry Adams and His Friends 1880-1918*. New York: Ballantine Books, 1990.

——. "Portrait of a Lady, Shrouded in Mystery." *The Wall Street Journal*, Feb. 18, 2012.

Paine, Albert Bigelow. *Mark Twain: A Biography*. Volumes III and IV. New York: Harper & Brothers, 1912.

Pilger, Zoe. "The Royal Academy Summer Exhibition: The anarchy and ecstasy returns." *The Independent* (Asia Edition) , June 3, 2014.

Prescott, Harriet Elizabeth. *Azarian: An Episode*. Boston: Ticknor and Fields, 1864.

——. "The Amber Gods." *"The Amber Gods" and Other Stories.* Ed. Alfred Bendixen. New Brunswick: Rutgers UP, 1989: 37-83.

Rauchway, Eric. "Regarding Henry: The Feminist Henry Adams." *American Studies*, 40:3 (Fall 1999): 53-73.

Rice, Cecil Arthur Spring. *Poems*. London: Longmans, Green, 1920.

Rioux, Anne Boyd. *Constance Fenimore Woolson: Portrait of a Lady Novelist*. New York: Norton, 2016.

Rockwood, Heather. "Marian 'Clover' Hooper Adams. Dog Portraitist?" *The Beehive* [the official blog of the Massachusetts Historical Society] June 7, 2021.

Rowe, John Carlos, ed. *New Essays on The Education of Henry Adams*. New York: Cambridge UP, 1996.

Samuels, Ernest. *The Young Henry Adams*. Cambridge: The Belknap Press of Harvard UP, 1948.

——. *Henry Adams: The Middle Years*. Cambridge: The Belknap Press of Harvard UP, 1958.

——. *Henry Adams: The Major Phase*. Cambridge: The Belknap Press of Harvard UP, 1964.

——. *Henry Adams*. Cambridge: The Belknap Press of Harvard UP, 1989.

——. "Henry Adams and the Gossip Mills." *Essays in American and English Literature Presented to Bruce Robert McElderry, Jr.* Ed. Max F. Schulz with William D. Templeman and Charles R. Metzger. Athens: Ohio UP, 1967: 59-70.

Saxton, Martha. *Louisa May Alcott: A Modern Biography*. New York: Noonday Press, 1995.

Seavey, Ormond. *Henry Adams in Washington: Linking the Personal and Public Lives of America's Man of Letters*. Charlottesville: U of Virginia P, 2020.

Segran, Elizabeth. "Yes, even your pockets are sexist. These startups are fighting back." *Fast Company*. Nov. 8, 2018.

Showalter, Elaine, ed. *Daughters of Decadence: Women Writers of the Fin-de-Siecle*. New Brunswick: Rutgers UP: 1993.

Simmons, Dan. *The Fifth Heart: A Novel*. New York: Back Bay Books, 2015.

Solnit, Rebecca. *Men Explain Things to Me*. Chicago: Haymarket Books, 2014.『説教したがる男たち』ハーン小路恭子訳、左右社、二〇一八年。

Tehan, Arline Boucher. *Henry Adams in Love: The Pursuit of Elizabeth Sherman Cameron*. New York: Universe Books, 1983.

Tennant, Emma. *Felony: The Private History of The Aspern Papers. A Novel*. London: Jonathan Cape, 2002.

Thoreau, Henry D. *Walden; or, Life in the Woods*. Boston: Ticknor and Fields, 1854.

Thoron, Ward, ed. *First of Hearts: Selected Letters of Mrs. Henry Adams 1865-1883*. San Francisco: Willowbank Books, 2011.

——, ed. *The Letters of Mrs. Henry Adames, 1865-1883*. Boston: Little, Brown, 1936.

Toibin, Colm. *The Master*. New York: Scribner, 2004.

Torsney, Cheryl B. *Constance Fenimore Woolson: The Grief of Artistry*. Athens: U of Georgia P, 1989.

——. "The Traditions of Gender: Constance Fenimore Woolson and Henry James." *Critical Essays on Constance Fenimore Woolson*. Ed. Cheryl B. Torsney. New York: G.K. Hall, 1992: 152-71.

Ward, Lester. *Pure Sociology: A Treatise on the Origin and Spontaneous Development of Society.* New York: Macmillan, 1903.

Weimer, Joan Myers. "The 'Admiring Aunt' and the 'Proud Salmon of the Pond': Constance Fenimore Woolson's Struggle with Henry James." *Critical Essays on Constance Fenimore Woolson*. Ed. Cheryl B. Torsney. New York: G.K. Hall, 1992: 203-16.

Welter, Barbara. "The Cult of True Womanhood: 1820-1860." *American Quarterly* 18 (Summer 1966): 151-74.

Williams-Wynn, Charlotte. *Extracts from Letters and Diaries of Charlotte Williams-Wynn*. Ed. Harriot Hester Lindsay. Privately printed, 1871.

Wills, Garry L. "Henry Adams: Historian as Novelist." *The Tanner Lectures on Human Values*. Delivered at Yale University, March 4 and 5, 2003.

Woolson, Constance Fenimore. *Anne: A Novel*. 1882. New York: Harper & Brothers, 1903.

——. "At the Chateau of Corrine." *Women Artists, Women Exiles*, ed. Joan Myers Weimer. New Brunswick: Rutgers UP, 1988: 211-47.

——. "Dorothy." *Harper's New Monthly Magazine* 84 (Mar. 1892): 551-75.

——. *East Angels*. New York: Harper & Brothers, 1886.

——. "A Florentine Experiment." *Atlanta Monthly* 46 (Oct. 1880): 502-30.

——. "In Sloane Street." *Harper's Bazaar*, June 11, 1892: 573-75, 478.

——. "Miss Grief." *Women Artists, Women Exiles*, ed. Weimer: 248-69.

——. "Miss Grief." *Stories by American Authors*. V. New York: Charles Scribner's Sons: 1884: 1-39.

——. "The Street of the Hyacinth." *Women Artists, Women Exiles*, ed. Weimer: 170-210.

別府恵子「ヘンリー・ジェイムズとコンスタンス・フェニモア・ウルスン——文学的戦略としての搾取」別府恵子／里見繁美編著『ヘンリー・ジェイムズと華麗な仲間たち《ベッドフェローズ》——ジェイムズの創作世界』英宝社、二〇〇四年：一六一－一八九頁。

平石貴樹「ルイーザ・メイ・オールコット——アメリカ近代小説序説」田中久雄監修・亀井俊介＋平石貴樹編著『アメリカ文学研究のニュー・フロンティア』南雲堂、二〇〇九年：一四二－一六三頁。

大井浩二『アメリカ伝記論』英潮社、一九九八年。

——『ヴィクトリアン・アメリカのミソジニー——タブーに挑んだ新しい女性たち』小鳥遊書房、二〇二一年。

——『エロティック・アメリカ——ヴィクトリアニズムの神話と現実』英宝社、二〇一三年。

岡本正明『横断する知性——アメリカ最大の思想家・歴史家ヘンリー・アダムズ』〔新装版〕英宝社、二〇一九年。

あとがき

この本を書くことになった理由を説明するためには、かなり以前の個人的な経験までさかのぼらなければなりません。当時、勤めていた大学で、たまたま英文科の主任だったとき、新規採用することになったアメリカ人女性の人物紹介を教授会ですることになったのですが、当方が「優秀な女性研究者」という表現を口にしたのを聞きとがめて、隣の席に座っていたアメリカ人のR教授が、採用候補者が男性だった場合、「優秀な男性研究者」という言い方はしなかったでしょうね、と耳元でささやいたのです。そのとき初めて、女性にしては、とか、女性であるにもかかわらず、とかいった発想が自分のなかに潜んでいて、無意識のうちに性差別的な発言をしていたことに気づかされたという意味で、それは非常に貴重な、忘れることのできない経験だったのです。

それから長い歳月が流れて、二〇一八年にレベッカ・ソルニットの『説教したがる男たち』が翻訳出版され、そこで議論されている「マンスプレイニング」という言葉が話題を呼ぶようになります。それは女性の側が求めてもいないのに、女性を無知で幼児的とみなす男性が上から目線で講釈を垂れるといった性差別的な行為を指しているのですが、何よりも驚かされたのは、そのような内容の本が現代のアメリカで書かれて、広く読まれているという事実であると同時に、経験豊富で優れた著作のある原著者のような女性までもが「マンスプレイニング」の被害者になり得るという事実でした。そのような露骨な女性差別が二一世紀のアメリカにおいて一般的な現実であるなら、たとえば一九世紀のアメリカは一体どのような状況だったのだろうか、という疑問が浮かんできたのですが、それは教授会で気恥ずかしい経験をしたことがあるだけでなく、アメリカの文学や文化に興味を抱いている者としては、極めて当然の反応だったかもしれません。

その疑問に答えるためにはどうすればいいかと思案した結果、いまでは忘れられている小説家コンスタンス・フェニモア・ウルスンと写真家クローヴァー・アダムズの不自然な死を、彼女たちに近しい存在だった二人の偉大なヘンリーと結びつけることによって、一九世紀末アメリカの文化的状況を浮き彫りにするという着想を得たのでしたが、そこにシャーロット・パーキンズ・ギルマンの唱えるアンドロセントリズムという枠組みを持ち込むことを思いついたのは、『女性のための衣装哲学』(小鳥遊書房、二〇二三年)と題して出版されることになる彼女の著作を、勉強会の若い仲間たちと一緒に翻訳していたときでした。

『アンドロセントリック・アメリカ』は、女性芸術家としての小説家コニーと写真家クローヴァーに対する小説家ヘンリー・ジェイムズと歴史家ヘンリー・アダムズの発言や態度を手掛かりにして、二人の知の巨人が一九世紀末のアメリカ人たちと共有していたアンドロセントリック・カルチャーのありようを具体的に考えることを目指しています。「マンスプレイニング」の場合、非難されるべきは説教や説明や講釈をする男性ではなくて、そのような女性差別を生み出した社会の構造であるということがしばしば指摘されていますが、本書がジェイムズやアダムズの繰り返すアンドロセントリックな言動に焦点を絞っているのは、二人のヘンリーを非難攻撃するためではなく、二人のヘンリーによって象徴される男性中心主義的なアメリカ社会の構造を明らかにするためであることをお断りしておきます。

このように、『アンドロセントリック・アメリカ』は一九世紀末のアメリカという遠い過去を扱っている本ですが、現在の私たちの周囲のいたるところで日常的に見られる、男性の価値基準を唯一無二の価値基準と信じて疑わないアンドロセントリズムの理解にいささかなりとも役立つことを願ってやみません。著者としては、いまは亡きR教授のコメントを聞くことができないのを、返す返すも残念なことに思うばかりです。

この本は二〇二四年の一月から一一月にかけて、老骨に鞭打ちながら、やっとの思いで書き上げましたが、パソコンに向かっている間は、書きたいことがつぎつぎと湧き出てきて、心楽しい瞬間の連続でした。老いの木登りと揶揄されるに違いない本書の出版を快諾してくださっただけでなく、丹念に原稿を読んで種々的確な助言をしてくださった小鳥遊書房の高梨治さんには感謝の言葉しかありません。心より厚く御礼申し上げます。

二〇二四年一二月三一日　寒気厳しい大晦日の夜

大井浩二

◉サ行

◉タ行

◉ナ行

◉ハ行

◉マ行

◉ラ行

◉ワ行

人名索引

◉ア行

◉カ行

【著者】

大井浩二

（おおい　こうじ）


1933 年高知県生まれ。

大阪外国語大学卒業、東京都立大学大学院修士課程修了。

関西学院大学名誉教授。

主要著訳書に『アメリカ自然主義文学論』（研究社出版、1973 年）、

『美徳の共和国——自伝と伝記のなかのアメリカ』（開文社出版、1991 年）、

『ホワイトシティの幻影——シカゴ万国博覧会とアメリカ的想像力』

（研究社出版、1993 年）、

『アメリカ伝記論』（英潮社、1998 年）、

『日記のなかのアメリカ女性』（英宝社、2002 年）、

『旅人たちのアメリカ——コベット、クーパー、ディケンズ』（英宝社、2005 年）、

『エロティック・アメリカ——ヴィクトリアニズムの神話と現実』（英宝社、2013 年）、

『内と外からのアメリカ——共和国の現実と女性作家たち』（英宝社、2016 年）、

『米比戦争と共和主義の運命——トウェインとローズヴェルトと《シーザーの亡霊》』

（彩流社、2017 年）、

『ヴィクトリアン・アメリカのミソジニー——タブーに挑んだ新しい女性たち』

（小鳥遊書房、2021 年）、
アラン・トラクテンバーグ『ブルックリン橋』（研究社出版、1977 年）、
ソール・ベロー『フンボルトの贈り物』（講談社、1977 年）、
アプトン・シンクレア『ジャングル』（松柏社、2009 年）、
シャーロット・パーキンズ・ギルマン『女性のための衣装哲学』

（監訳、小鳥遊書房、2023 年）など。

アンドロセントリック・アメリカ

コニーとクローヴァーと二人《ふたり》のヘンリー

2025年3月31日　第1刷発行

【著者】
大井浩二

発行者：高梨 治
発行所：株式会社**小鳥遊《たかなし》書房**
〒102-0071　東京都千代田区富士見 1-7-6-5F
電話 03-6265-4910（代表）／FAX 03-6265-4902
https://www.tkns-shobou.co.jp
info@tkns-shobou.co.jp

装幀　鳴田小夜子（KOGUMA OFFICE）
印刷　モリモト印刷株式会社
製本　株式会社村上製本所

ISBN978-4-86780-069-0　C0022